錢穆

钱穆先生著作系列

理学六家诗钞

九州出版社
JIUZHOUPRESS

钱穆先生

新校本说明

钱穆先生著作简体新校本，经钱胡美琦女士授权出版，以钱宾四先生全集编辑委员会所编《钱宾四先生全集》繁体版为本，进行重排新校，订正其中体例、格式、标号、文字等方面存在的疏误，内容保持《全集》版本原貌。

《理学六家诗钞》系钱穆先生在宋、元、明、清四代理学家中，首选爱诵之朱子、邵康节、陈白沙诗，嗣又增如王阳明、高景逸、陆桴亭三家诗，以成其书，并于每家前，各别传一篇。自一九七一年冬，以迄翌年春竣事，一九七三年秋始付印。此后先生获见高子未刊稿抄本六册，又增选二十六题三十首，于一九七四年元月由台湾中华书局初版。

九州出版社

目　录

自　序

宋儒金履祥辑有《濂洛风雅》一编，上自濂溪、康节、横渠、二程，下迄宋末，凡近五十人。采其辞、赋、箴、铭、诫、赞、诔、祭、诗、歌、乐府诸体四百数十首，分为六卷。唐良瑞为之序，有曰：“味其诗而溯其志，诵其词而寻其学；言有教，篇有感。”余之斯钞，略近其意，而体裁不同。专钞诗篇，他皆不及。又仅于宋、明、清三代取康节、晦庵、白沙、阳明、景逸、桴亭六家，每家钞逾百首。读者进而窥其全集，又进而旁及诸家，庶知理学宗旨，本在陶铸性情，抡扬风雅，固不如一般所疑，其言则勃窣理窟，其人则木强枯槁，拘谨狭隘，以不近人情相讥，是为不知理学之真。

理学者，所以学为人。为人之道，端在平常日用之间。而平常日用，则必以胸怀洒落、情意恬淡为能事。惟其能此，始可体道悟真，日臻精微。而要其极，亦必以日常人生之洒落恬淡为归宿。至于治平勋业，垂世著作，立功立言，斯则际会不同，才性有异，亦可谓是理学之余事，不当专凭以作一概之衡量。

斯钞一以显示作者之日常人生为主。所钞六家，固皆一代之魁杰，理学之宗师，外论其时代，内窥其性情，既已各别不同，其论学宗旨，亦复相殊互异。然观其平常日用间之胸怀意境，洒落恬淡，则大体相若。可证此乃理学家之共同向往与其共同躬修之所在。其所钞之第二标准，则为诸家之论学语。以此论诗，若所不宜，然亦见理学诗之一种特殊面貌，可备诗中之一格。至于格律声色，为一般论诗者所重，斯钞转不经意。然即以诗言，此六家在宋、明、清三代诗人中，亦可列上选而无愧。

康节诗最为创新，诚可谓之是理学诗。白沙有意追摹。然两人一居城市，一隐海滨。康节于物理、史迹，研穷广泛，著述亦丰，数学尤其绝业；而白沙则一片空明，除刻意吟诗外，其他似少厝意。然明代理学家，每以白沙、阳明并称。可见理学重在人生日用。而人生日用之所重，则在其情怀境界。白沙乃以一诗人而高踞理学上座，可窥此中消息矣。

晦翁诗淡雅淳古，上规《选》体。跨越宋、唐，卓然不伦。以诗人标准言之，晦翁亦为巨擘。阳明早年溺意辞章，其诗亦诗人之诗也。两家原集皆以年代编次。兹所钞《远游篇》，乃晦翁十九岁所作；《写真》一绝，距其易箦仅一月；首尾宛然。其诗集不啻其年谱，惟亦间有参差。如第十卷诸诗，与“乐府”同帙，皆编在九卷《写真》一绝之后，知乃随后络续所收。又如《追和陆子寿》一诗，应在两人铅山再晤时，而编入鹅湖初会之年。斯钞只仍原集次序，未能一一加以辨正。阳明诗分编标题，最为明白。读者能将两家年谱与诗集并读，则各诗中之时地与其本事，皆可一一考索。今亦未能逐篇诠注，以待读者之自寻。又两家思想学问之与年俱进，有一诗之微，旁见侧出，可以补年谱、文集之不足者。如阳明《江西诗太极岩》"始信心非明镜台"之句，足与其天泉桥"四句教"相阐发，此则脱口而出，不易得之文集、语录中也。

景逸不多作诗，其遗书亦鲜流传，故斯编特多加钞录。其论学在朱、王之间。中年以后，杜门隐沦，迹近邵、陈。然其诗率真清淡，乃亦与邵、陈之绚烂纵肆有别。三家原集，皆以诗体分，不以年代编，此钞亦一一仍之。

六家中惟桴亭遭遇特酷。生值易世，坚贞不仕。生事穷窘，茹苦更深。故其诗多幽忧沉痛之辞。然其近于入屈者，亦终自归于陶。其心情之洒落恬淡，亦与前五家无殊致。桴亭诗编年可与年谱并读，一如朱、王。斯编亦摘录特多，以见明遗民在当时生活之一斑。

读者得斯钞，可供进窥理学一新门径。若摆弃理学观点，纯以诗求，诗以言志，亦可以真得《风》《雅》之遗响。果能忘其为诗，一吟一咏，直向自己性情日用中反身默会，则诚如程伊川言："未读《论语》前是此一人，读《论语》后将会另是一人，此始为善读《论语》。"斯钞窃亦有意于此，以待读者之善求。

邵康节别传

邵雍，字尧夫，元佑中赐谥康节。其先范阳人，曾祖父始家衡漳，幼从父徙共城，居苏门山下。李挺之权共城令，知康节事父孝谨，励志精勤，一日，叩门劳之，曰："好学笃志何如？"曰："简策之外，未有适也。"挺之曰："其如物理之学乎？"他日，又曰："不有性命之学乎？"康节再拜，愿受业。其事挺之，虽野店，饭必襴，坐必拜。已而叹曰："昔人尚友千古，吾独未及四方。"于是出游，逾河、汾，涉淮、汉，周流齐、鲁、宋、郑之墟。苟有达者，必加谘访。归而筑室百源之上，大覃思于《易》。冬不炉，夏不扇；日不再食，夜不设寝；凡数年。大名王天悦精于《易》，闻而欲教之，访之于雪中深夜，见其俨然危坐，与语三日，得所未闻，大惊服，卒舍其学而学焉。年三十余，始游洛而定居焉。蓬荜环堵，不蔽风雨，躬爨以养父母，居之裕如，自云未尝攒眉。所居寝息处曰安乐窝，自号安乐先生。又为瓮牖，读书燕居其下。旦则焚香独坐，晡时饮酒三四瓯，微醺便止，不至醉。每岁春二月出，四月天渐热，即止；八月出，十一月天渐寒，即止。每出，乘小车，用一人挽之。为诗自咏，曰：“花似锦时高阁望，草如茵处小车行。”司马光赠以诗，曰：“林间高阁望已久，花外小车犹未来。”随意所之，士大夫识其车音，争相迎侯。童孺厮隶皆曰：“吾家先生至。”一家留三五宿，又之一家，或经月忘返。有特为起屋如安乐窝以待其来者，谓之“行窝”。及没，挽诗有云：“春风秋月嬉游处，冷落行窝十二家。”每群居燕饮，笑语终日，不甚取异于人。乐道人之善，而未尝及其恶，故贤者悦其德，不贤者喜其真，久而益信服。富弼、司马光、吕公著，为市园宅。其宅契乃温公户名，园契乃韩公户名，其庄契乃王某户名，康节皆不改。一日，明道、伊川兄弟访之，饮酒甚欢。明日，明道语其门人，曰：“昨从尧夫先生游，听其论议，振古之豪杰也。惜其无所用于世。”门人问所言，曰：“内圣外王之道也。”今明道集中有《月陂诗》，即咏其事。王拱辰、吕诲等屡荐之，终不出。年六十七卒。伊川问：“从此永决，更有见告乎？”举两手示之。伊川曰：“何谓也？”曰：“面前路径须令宽。路窄，则自无着身处，况能使人行也？”所著有《观物篇》、《渔樵问答》、《先天图》、《皇极经世书》等。《伊川击壤集》，为其诗集名，魏鹤山称之，曰：“凡历乎吾前，皇帝王霸之兴替，春秋冬夏之代谢，阴阳五行之变化，风雷雨露之霁曀，山川草木之荣悴，惟意所驱，周流贯彻，融液摆落，盖左右逢源，略无毫发凝滞倚着之意，真所谓风流人豪者欤！使得从游于舞雩之下，浴沂咏归，毋宁使曾晰独见称于圣人。洙泗已矣，秦汉以来诸儒，无此气象。”高景逸曰：“伊川言康节如空中楼阁，他天资高，胸中无事，日日有舞雩之趣，未免有玩世意。”或问朱子：“学者有厌拘检、乐放舒、恶精详、喜简便，自谓慕尧夫，何如？”曰：“邵子这道理，岂易及哉！他胸襟中这个学，能包括宇宙，始终古今，如何不做得大，放得下。今人却恃个甚，敢得如此！”然则后人读其诗，特以曾点相拟，亦未为知康节。

康节诗钞

闲吟四首

平生如仕宦，随分在风波。所损无纪极，所得能几何。
既乖经世虑，尚可全天和。樽中有酒时，且饮复且歌。

予年四十七，已甫知命路。岂意天不绝，生男始为父。
且免散琴书，敢望大门户。万事尽如此，何用过忧惧。

居洛八九载，投心唯二三。相逢各白首，共坐多清谈。
人事已默定，世情曾久谙。酒行勿相逼，徐得奉醺酣。

欲有一瓢乐，曾无二顷田。丹诚未贯日，白发已华颠。
云意寒尤淡，松心老益坚。年来疏懒甚，时忆旧林泉。

高　竹

高竹临清沟，轩小亦且幽。光阴虽属夏，风露已惊秋。
月色林间出，泉声砌下流。谁知此夜情，邈矣不能收。

高竹碧相倚，自能发余清。时时微风来，万叶同一声。
道污得夷理，物虚含远情。阶前闲步人，意思何清平。

高竹如碧幢，翠柳若低盖。幽人有轩榻，日夜与之对。
宇静觉神开，景闲喜真会。与其丧吾真，孰若从吾爱。

高竹数十尺，仍在高花上。柴门昼不开，青碧日相向。
非止身休逸，是亦心夷旷。能知闲之乐，自可敌卿相。

秋　游

八月光阴未甚凄，松亭竹榭尤为宜。
况当昼夜初停处，正是炎凉得所时。
明月入怀如有意，好风迎面似相知。
闲人歌咏自怡悦，不管朝廷不采诗。

和人放怀

为人虽未有前知，富贵功名岂力为。
涤荡襟怀须是酒，优游情思莫如诗。
况当水竹云山地，忍负风花雪月期。
男子雄图存用舍，不开眉笑待何时。

小圃睡起

门外似深山，天真信可还。轩裳奔走外，日月往来间。
有水园亭活，无风草木闲。春禽破幽梦，枝上语绵蛮。

闲　行

园圃正萧然，行吟绕泽边。风惊初社后，叶坠未霜前。
衰草衬斜日，暮云扶远天。何当见真象，止可入无言。

龙门道中作

物理人情自可明，何尝戚戚向平生。
卷舒在我有成算，用舍随时无定名。
满目云山俱是乐，一毫荣辱不须惊。

侯门见说深如海，三十年来掉臂行。

名利吟

名利到头非乐事，风波终久少安流。
稍邻美誉无多取，才近清欢与剩求。
美誉既多须有患，清欢虽剩且无忧。
滔滔天下曾知否，覆辙相寻卒未休。

游洛川初出厚载门

初出都门外，西南指洛陬。山川开远意，天地挂双眸。
村落桑榆晚，田家禾黍秋。民间有此乐，何必待封侯。

燕堂即事

川上数峰青，林间一水明。闲云无定体，幽鸟不知名。
游侣既非约，归期莫计程。锱铢人世事，休强作威狞。

川上怀旧

为今日之山，是昔日之原。为今日之原，是昔日之川。
山川尚如此，人事宜信然。幸免红尘中，随风浪着鞭。

地迥川原阔，村孤烟水闲。雷轻龙过浦，云乱雨移山。
田者荷锄去，渔人背网还。伊予独沾湿，犹在道途间。

秋　怀

晴窗日初曛，幽庭雨乍洗。红兰静自披，绿竹闲相倚。
荣利若浮云，情怀淡如水。身非天外人，意从天外起。

明月生海心，凉风起天末。物象自呈露，襟怀骤披豁。
悟尽周孔道，解开仁义结。礼法本防奸，岂为吾曹设。

清风无人兼，自可入吾手。明月无人并，自可入吾牖。
中心既已平，外物何尝诱。余事岂足论，但恐樽无酒。

寒露缀衰草，凄风摇晚林。鸟声上复下，天气晴还阴。
节改一时事，人怀千古心。谁云子期死，举世无知音。

池荷日取败，篱菊日就荣。其于品汇间，自与节气争。
盛衰不同时，贤愚难并行。安得松桂心，四时长青青。

九月气乍肃，衰柳犹有蝉。霜外疏钟断，风余清籁传。
千山乱远月，一鹗摩高天。自非出世人，而敢危行言。

惟南有美橘，惟北有美栗。厥包或颇同，厥味信不一。
天地岂无情，草木皆有实。物本不负人，人自负于物。

蛱蝶绕寒菊，蟋蟀鸣空阶。门前有犬卧，尽日无客来。
清波静中流，白云闲处堆。何以发天和，时饮酒一杯。

水寒潭见心，木落山露骨。始信天无涯，万里不隔物。
脱衣挂扶桑，引手探月窟。不负仁义心，区区五十一。

饮酒不甚多，数杯醺心颜。未醺不可止，既醺劝亦难。
谁云万物广，岂出天地关。谁云万事广，岂出人情间。

小圃逢春

随分亭栏亦弄妍，不妨闲傍酒垆边。
夜檐静透花间月，昼户晴生竹外烟。
事到悟来全偶尔，天教闲去岂徒然。
壶中日月长多少，烂占风光十二年。

惜芳菲

细算人间千万事，皆输花底共开颜。

芳菲大率一春内，烂漫都无十日间。
亦恐忧愁为龃龉，更防风雨作艰难。
莫教此后成遗恨，把火樽前尚可攀。

天津感事

云轻日淡天津暮，风急林疏洛水秋。
独步独吟人莫会，时时鸥鹭下汀洲。

自古别都多隙地，参天乔木乱昏鸦。
荒垣坏堵人耕处，半是前朝卿相家。

烟树尽归秋色里，人家常在水声中。
数行旅雁斜飞去，一簇楼台峭倚空。

着身静处观人事，放意闲中炼物情。
去尽风波存止水，世间何事不能平。

前朝无限贵公卿，后世徒能记姓名。
唯此天津桥下水，古今都作一般声。

闲居述事

花木四时分景致，经书千卷好生涯。
有人若问闲居处，道德坊中第一家。

自　况

满天风月为官守，遍地云山是事权。
唯我敢开无意口，对人高道不妨言。

依韵酬福昌令有寄

道义相欢岂易亲，古称难处是知人。
文章不结市朝士，荣辱非关云水身。
话入精详皆物理，言无形迹尽天真。
他时洛社过从辈，图谍中添又一邻。

归洛城路游龙门

无烦物象弄精神，世态何尝不喜新。
唯有前墀好风月，清光依旧属闲人。

闲适吟

为士幸而居盛世，住家况复在中都。
虚名浮利非我有，绿水青山何处无。
选胜直宜寻美景，命俦须是择吾徒。
乐闲本属闲人事，又与偷闲事更殊。

六尺眼前安乐身，四时争忍负佳辰。
温凉气候二八月，道义宾朋三五人。
量力杯盘随草具，开怀语笑任天真。
劝君似此清闲事，虽老何须更厌频。

诏三下答乡人不起之意

生平不作皱眉事，天下应无切齿人。
断送落花安用雨，装添旧物岂须春。
幸逢尧舜为真主，且放巢由作外臣。
六十病夫宜揣分，监司无用苦开陈。

依韵和刘职方见赠

造物工夫意自深，从吾所乐是山林。

少因多病不干禄，老为无才难动心。
花月静时行水际，蕙风香处卧松阴。
闲窗一觉从容睡，愿当封侯与赐金。

崇德阁下答诸公不语禅

浩浩长空走日轮，何烦苦苦辨根尘。
鹏程万里非由驾，鹤算三千别有春。
铅锡点金终属假，丹青画马要求真。
请观风急天寒夜，谁是当门定脚人。

秋暮西轩

绕栏种菊一齐芳，户牖轩窗总是香。
得意不能无兴咏，乐时况复遇丰穰。
深秋景物随宜好，向老筋骸粗且康。
饮罢何妨更登眺，烂霞堆里有斜阳。

天津闲步

洛阳城里任西东，二十年来放尽慵。
故旧人多时款曲，京都国大体雍容。
池平有类江湖上，林静或如山谷中。

不必奇功盖天下，闲居之乐自无穷。

闲行吟

长忆当年扫弊庐，未尝三径草荒芜。
欲为天下屠龙手，肯读人间非圣书。
否泰悟来知进退，乾坤见了识亲疏。
自从会得环中意，闲气胸中一点无。

投吴走越觅青天，殊不知天在眼前。
开眼见时犹有病，举头寻处更无缘。
颜渊正在如愚日，孟子方当不动年。
安得功夫游宝肆，爱人珠贝重忧钱。

买卜稽疑是买疑，病深何药可能医。
梦中说梦重重妄，床上安床迭迭非。
列子御风徒有待，夸夫逐日岂无疲。
劳多未有收功处，踏尽人间闲路岐。

春尽后园闲步

绿树成阴日，黄鹂对语时。小渠初敛滟，新竹正参差。
倚仗闲吟久，携童引步迟。好风知我意，故故向人吹。

洛下园池

洛下园池不闭门，洞天休用别寻春。
纵游只却输闲客，遍入何尝问主人。
更小亭栏花自好，尽荒台榭景才真。
虚名误了无涯事，未必虚名总到身。

乞笛竹

洛人好种花，唯我如种竹。所好虽不同，其心亦自足。
花止十日红，竹能经岁绿。俱沾雨露恩，独无霜雪辱。

重九日登石阁

事出一时间，时过事莫还。当时深可爱，过后不堪看。
夏去休言暑，冬来始讲寒。人能知此理，忧患自难干。

今岁重阳日，凭栏气候迟。云烟虽已淡，林木未全衰。
天地开怀处，山川快眼时。栏干空倚遍，此意有谁知。

偶见吟

富贵多傲人，人情有时移。道德不傲人，人情久益归。
道德有常理，富贵无定期。蒿莱霜至委，松柏雪更滋。

世上多附炎，炎歇人自去。君子善处约，约久情自固。
炎歇势不回，情固人不去。路人或如亲，亲人却如路。

欢喜吟

行年六十一，筋骸未甚老。已为两世人，便化岂为夭。
况且粗康强，又复无忧挠。如何不喜欢，佳辰自不少。

寄亳州秦伯镇兵部

人事纷纷积有年，何烦颦蹙向花前。
万般计较头须白，饶了胸中不坦然。

虽贫无害日高眠，人不堪忧我自便。
煅炼物情时得意，新诗还有百来篇。

天心复处是无心，心到无时无处寻。

若谓无心便无事，水中何故不生金。

酒涵花影满卮红，泻入天和胸臆中。
最爱一般情味好，半醺时与太初同。

书皇极经世后

朴散人道立，法始乎羲皇。岁月易迁革，书传难考详。
二帝启禅让，三王正纪纲。五伯杖形胜，七国争强梁。
两汉骧龙凤，三分走虎狼。西晋擅风流，群凶来北荒。
东晋事清芬，传馨宋齐梁。逮陈不足算，江表成悲伤。
后魏乘晋弊，扫除几小康。迁洛未甚久，旋闻东西将。
北齐举爝火，后周驰星光。隋能一统之，驾福于臣唐。
五代如传舍，天下徒扰攘。不有真主出，何由奠中央。
一万里区宇，四千年兴亡。五百主肇位，七十国开疆。
或混同六合，或控制一方。或创业先后，或垂祚短长。
或奋于将坠，或夺于已昌。或灾兴无妄，或福会不祥。
或患生藩屏，或难起萧墙。或病由唇齿，或疾亟膏肓。
谈笑萌事端，酒食开战场。情欲之一发，利害之相戕。
剧力恣吞噬，无涯罹祸殃。山川才表里，豆龙又荒凉。
荆棘除难尽，芝兰种未芳。龙蛇走平地，玉石碎昆冈。
善设称周孔，能齐是老庄。奈何言已病，安得意都忘。

履道会饮

众人之所乐，所乐唯嚣尘。吾友之所乐，所乐唯清芬。
清芬无鼓吹，直与太古邻。太古者靡佗，和气常絪缊。
里闬旧情好，有才复有文。过从一日乐，十月生阳春。
洛阳古神州，周公尝缕陈。四时寒暑正，四方道里均。
代不乏英俊，号为多缙绅。至于花与木，天下莫敢伦。
而逢此之景，而当此之辰。而能开口笑，而世有几人。
清衷贯金石，剧谈惊鬼神。天地为一指，富贵如浮云。
明时缓康济，白昼闲经纶。莫如陪欢伯，又复对此君。
商於六百里，黄金四万斤，不能买兹乐，自余恶足论。
接篱倒戴时，蟾蜍生海垠。小车倒载时，山翁归天津。

小车行

喜醉岂无千日酒，惜春还有四时花。
小车行处人欢喜，满洛城中都似家。

偶书吟

风林无静柯，风池无静波。
林池既不静，禽鱼当如何。

再答王宣徽

自有吾儒乐，人多不肯循。
以禅为乐事，又起一重尘。

又

大达诚无碍，人人自有家。
假花犹入念，何者谓真花。

林下吟

老年躯体索温存，安乐窝中别有春。
万事去心闲偃仰，四支由我任舒伸。
庭花盛处凉铺簟，檐雪飞时软布裀。
谁道山翁拙于用，也能康济自家身。

生来未始事田畴，无岁无时长有秋。
随分杯盘俱是乐，等闲池馆便成游。
风花雪月千金子，水竹云山万户侯。
欲俟河清人寿几，两眉能着几多愁。

安乐窝中自讼吟

不向红尘浪着鞭，唯求寡过尚无缘。
虚更蘧瑗知非日，谬历宣尼读《易》年。
发到白时难受彩，心归通后更何言。
至阳之气方为玉，犹恐钻磨未甚坚。

云

晴空碧于水，那得片云飞。映日成丹凤，随风变白衣。
去来皆绝迹，隐显两忘机。天理谁能测，终然何所归。

秋日雨霁闲望

水冷云疏霜意早，岁华虽晚黄花好。
饶教四面远山围，奈何一片秋光老。
上天生物固无私，圣人余事人难晓。
陈言生活不须矜，自是中才皆可了。

诫子吟

善过无佗在所存，小人君子此中分。

改图不害为君子，迷复终归作小人。
良药有功方利病，白圭无玷始称珍。
欲成令器须追琢，过失如何不就新。

自古吟

自古大圣人，犹以为难事。而况后世人，岂复便能至。
求之不胜难，得之至容易。千人万人心，一人之心是。

知幸吟

鸡职在司晨，犬职在守御。二者皆有功，一归于报主。
我饥亦享食，我寒亦受衣。如何无纤毫，功德补于时。

知人吟

事到急时观态度，人于危处露肝脾。
深心厚貌平时可，慎勿便言容易知。

人生一世吟

前有亿万年，后有亿万世。中间一百年，做得几何事。
又况人之寿，几人能百岁。如何不喜欢，强自生憔悴。

安乐窝中四长吟

安乐窝中快活人，闲来四物幸相亲。
一编诗逸收花月，一部书严惊鬼神。
一炷香清冲宇泰，一樽酒美湛天真。
太平自庆何多也，唯愿君王寿万春。

安乐窝中诗一编

安乐窝中诗一编，自歌自咏自怡然。
陶镕水石闲勋业，铨择风花静事权。
意去乍乘千里马，兴来初上九重天。
欢时更改三两字，醉后吟哦五七篇。
直恐心通云外月，又疑身是洞中仙。
银河汹涌翻晴浪，玉树查牙生紫烟。
万物有情皆可状，百骸无病不能蠲。
命题滥被神相助，得句谬为人所传。
肯让贵家常奏乐，宁惭富室剩收钱。
若条此过知何限，因甚台官独未言。

安乐窝中一部书

安乐窝中一部书，号之《皇极》意何如。
《春秋》《礼》《乐》能遗则，父子君臣可废乎。
浩浩羲轩开辟后，巍巍尧舜协和初。
炎炎汤武干戈外，恂恂桓文弓剑余。
日月星辰高照耀，皇王帝伯大铺舒。
几千百主出规制，数亿万年成楷模。
治久便忧强跋扈，患深仍念恶驱除。
才堪命世有时有，智可济时无世无。
既往尽归闲指点，未来须俟别支梧。
不知造化谁为主，生得许多奇丈夫。

安乐窝中一炷香

安乐窝中一炷香，凌晨焚意岂寻常。
祸如许免人须谄，福若待求天可量。
且异缁黄徼庙貌，又殊儿女裛衣裳。
《中孚》起信宁烦祷，《无妄》生灾未易禳。
虚室清泠都是白，灵台莹静别生光。
观风御寇心方醉，对景颜渊坐正忘。
赤水有珠涵造化，泥丸无物隔青苍。

生为男子仍身健，时遇昌辰更岁穰。
日月照临功自大，君臣庇荫效何长。
非徒闻道至于此，金玉谁家不满堂。

安乐窝中酒一樽

安乐窝中酒一樽，非唯养气又颐真。
频频到口微成醉，拍拍满怀都是春。
何异君臣初际会，又同天地乍絪缊。
醺酣情味难名状，酝酿功夫莫指陈。
斟有浅深存燮理，饮无多少寄经纶。
凤凰楼下逍遥客，郏鄏城中自在人。
高阁望时花似锦，小车行处草如茵。
卷舒万世兴亡手，出入千重云水身。
雨后静观山意思，风前闲看月精神。
这般事业权衡别，振古英雄恐未闻。

安乐窝中好打乖吟

安乐窝中好打乖，打乖年纪合挨排。
重寒盛暑多闭户，轻暖初凉时出街。
风月煎催亲笔砚，莺花引惹傍樽罍。
问君何故能如此，只被才能养不才。

年老逢春

年老逢春春正妍，春妍况在禁烟前。
才寒却暖养花日，行雨便晴消酒天。
进退樽罍宜有主，栽培桃李岂无权。
清谈已是欢情极，更把狂诗当管弦。

年老逢春认破春，破春不用苦伤神。
身心自有安存地，草木焉能媚惑人。
此日荣为他日瘁，今年陈是去年新。
世间忧喜常相逐，多少酒能平得君。

雨后天津独步

洛阳宫殿锁晴烟，唐汉以来书可传。
多少升沉都不见，空余四面旧山川。

禁烟留题锦屏山下

春半花开百万般，东风近日恶摧残。
可怜桃李性温厚，吹尽都无一句言。

安乐窝中吟

安乐窝中弄旧编，旧编将绝又重联。
灯前烛下三千日，水畔花间二十年。
有主山河难占籍，无争风月任收权。
闲吟闲咏人休问，此个功夫世不传。

安乐窝中三月期，老来才会惜芳菲。
自知一赏有分付，谁让黄金无孑遗。
美酒饮教微醉后，好花看到半开时。
这般意思难名状，只恐人间都未知。

安乐窝中春暮时，闭门慵坐客来稀。
萧萧微雨竹间霁，嘒嘒翠禽花上飞。
好景尽将诗记录，欢情须用酒维持。
自余身外无穷事，皆可掉头称不知。

安乐窝中春欲归，春归忍赋送春诗。
虽然春老难牵复，却有夏初能就移。
饮酒莫教成酩酊，赏花慎勿至离披。
人能知得此般事，焉有闲愁到两眉。

善赏花吟

人不善赏花，只爱花之貌。人或善赏花，只爱花之妙。
花貌在颜色，颜色人可效。花妙在精神，精神人莫造。

善饮酒吟

人不善饮酒，唯喜饮之多。人或善饮酒，唯喜饮之和。
饮多成酩酊，酩酊身遂疴。饮和成醺酣，醺酣颜遂酡。

春去吟

春去休惊晚，夏来还喜初。
残芳虽有在，得似绿阴无。

大字吟

诗成半醉正陶陶，更用如椽大笔抄。
尽得意时仍放手，到凝情处略濡毫。
鲁阳却日功犹浅，宗悫乘风志未高。
写出太平难状意，任佗天下颂功劳。

曝书吟

虫蠹书害少，人蠹书害多。
虫蠹曝已去，人蠹当如何。

大笔吟

诗成大字书，意快有谁如。巨浪银山立，风樯百尺余。
酒喜小杯饮，诗快大字书。不知人世上，此乐更谁如。

月到梧桐上吟

月到梧桐上，风来杨柳边。
院深人复静，此景共谁言。

清夜吟

月到天心处，风来水面时。
一般清意味，料得少人知。

君子吟

君子存大体，小人无常心。
于人不求备，受恩唯恐深。

安分吟

安分身无辱，知几心自闲。
虽居人世上，却是出人间。

可必吟

可必人间唯善事，不由天地只由衷。
莫嫌效远因而止，更勉其来更有功。

恍惚吟

恍惚阴阳初变化，氤氲天地乍回旋。
中间些子好光景，安得功夫入语言。

天听吟

天听寂无音，苍苍何处寻。
非高亦非远，都只在人心。

小车吟

自从三度绝韦编，不读书来十二年。
大甓子中消白日，小车儿上看青天。
闲为水竹云山主，静得风花雪月权。
俯仰之间无所愧，任他人谤似神仙。

晚步吟

晚步上阳堤，手携笻竹枝。静随芳草去，闲逐野云归。
月出松梢处，风来蘋末时，林间此光景，能有几人知。

观陈希夷先生真及墨迹

未见希夷真，未见希夷迹。止闻希夷名，希夷心未识。
及见希夷迹，又见希夷真。始知今与古，天下长有人。
希夷真可观，希夷墨可传。希夷心一片，不可得而言。

秋阁吟

秋阁一凭栏，人心何悄然。乾坤今岁月，唐汉旧山川。
淡泊霜前日，萧疏雨后天。丹青空妙手，此意有谁传。

力外吟

以少为多，以无为有。
力外周旋，不能长久。

月陂闲步

因随芳草行来远，为爱清波归去迟。
独步独吟仍独坐，初凉天气未寒时。

天津弊居蒙诸公共为成买作诗以谢

重谢诸公为买园，买园城里占林泉。
七千来步平流水，二十余家争出钱。
嘉祐卜居终是僦，熙宁受券遂能专。
凤凰楼下新闲客，道德坊中旧散仙。
洛浦清风朝满袖，嵩岑皓月夜盈轩。

接篱倒戴芰荷畔，谈尘轻摇杨柳边。
陌彻铜驼花烂熳，堤连金谷草芊绵。
青春未老尚可出，红日已高犹自眠。
洞号长生宜有主，窝名安乐岂无权。
敢于世上明开眼，会向人间别看天。
尽送光阴归酒盏，都移造化入诗篇。
也知此片好田地，消得尧夫笔似椽。

愁恨吟

城里住烟霞，天津小隐家。经书为事业，水竹是生涯。
恨为云遮月，愁因风损花。恨愁花月外，何暇更知他。

思省吟

仲尼再思，曾子三省。
予何人哉，敢忘修整。

皇极经世一元吟

天地如盖轸，覆载何高极。日月如磨蚁，往来无休息。
上下之岁年，其数难窥测。且以一元言，其理尚可识。
一十有二万，九千余六百。中间三千年，迄今之陈迹。

治乱与废兴，著见于方策。吾能一贯之，皆如身所历。

安乐窝前蒲柳吟

安乐窝前小曲江，新蒲细柳年年绿。
眼前随分好光阴，谁道人生多不足。

独坐吟

天意自分明，人多不肯行。莺花春乍暖，风月雨初晴。
静坐澄思虑，闲吟乐性情。谁能事闲气，浪与世人争。

极　论

下有黄泉上有天，人人许住百来年。
还知虚过死万遍，都似不曾生一般。
要识明珠须巨海，如求良玉必名山。
先能了尽世间事，然后方言出世间。

思虑吟

思虑未起，鬼神莫知。
不由乎我，更由乎谁。

安乐吟

安乐先生，不显姓氏。垂三十年，居洛之涘。
风月情怀，江湖性气。色斯其举，翔而后至。
无贱无贫，无富无贵。无将无迎，无拘无忌。
窘未尝忧，饮不至醉。收天下春，归之肝肺。
盆池资吟，瓮牖荐睡。小车赏心，大笔快志。
或戴接篱，或着半臂。或坐林间，或行水际。
乐见善人，乐闻善事。乐道善言，乐行善意。
闻人之恶，若负芒刺。闻人之善，如佩兰蕙。
不佞禅伯，不谀方士。不出户庭，直际天地。
三军莫凌，万钟莫致。为快活人，六十五岁。

瓮牖吟

有客无知，唯知自守。自守无他，唯求寡咎。
有屋数间，有田数亩。用盆为池，以瓮为牖。
墙高于肩，室大于斗。布被暖余，藜羹饱后。
气吐胸中，充塞宇宙。笔落人间，晖映琼玖。
人能知止，以退为茂。我自不出，何退之有。
心无妄思，足无妄走。人无妄交，物无妄受。
炎炎论之，甘处其陋。绰绰言之，无出其右。

羲轩之书，未尝去手。尧舜之谈，未尝虚口。
当中和天，同乐易友。吟自在诗，饮欢喜酒。
百年升平，不为不偶。七十康强，不为不寿。

观易吟

一物其来有一身，一身还有一乾坤。
能知万物备于我，肯把三才别立根。
天向一中分体用，人于心上起经纶。
天人焉有两般义，道不虚行只在人。

瞻礼孔子吟

执卷何人不读书，能知性者又何如。
工居天下语言内，妙出世间绳墨余。
陶冶有无天事业，权衡治乱帝功夫。
大哉赞《易》修经意，料得生民以后无。

秦川吟

秦川两汉帝王区，今日关东作帝都。
多少圣贤存旧史，夕阳唯只见荒芜。

观事吟

一岁之事慎在春，一日之事慎在晨。
一生之事慎在少，一端之事慎在新。

金玉吟

圣在人中出，心从行上修。
金于砂里得，玉向石中求。

君子吟

君子与义，小人与利。与义日兴，与利日废。
君子尚德，小人尚力。尚德树恩，尚力树敌。
君子作福，小人作威。作福福至，作威祸随。
君子乐善，小人乐恶。乐恶恶至，乐善善归。
君子好誉，小人好毁。好毁人怒，好誉人喜。
君子思兴，小人思坏。思兴召祥，思坏召怪。
君子好与，小人好求。好与多喜，好求多忧。
君子好生，小人好杀。好生道行，好杀道绝。

先天吟

先天天弗违，后天奉天时。
弗违无时亏，奉时有时疲。

又

若问先天一字无，后天方要着功夫。
拔山盖世称才力，到此分毫强得乎。

无苦吟

平生无苦吟，书翰不求深。行笔因调性，成诗为写心。
诗扬心造化，笔发性园林。所乐乐吾乐，乐而安有淫。

击壤吟

《击壤》三千首，行窝二十家。乐天为事业，养志是生涯。
出入将如意，过从用小车。人能知此乐，何必待纷华。

君子吟

君子之去，亦如其来。小人之来，亦如其去。
既有恩情，且无怨怒。既有憎嫌，且无思慕。

罢吟吟

久欲罢吟诗，还惊意忽奇。坐中知物体，言外到天机。
得句不胜易，成篇岂忍遗。安知千万载，后世无宣尼。

失诗吟

胸中风雨吼，笔下龙蛇走。
前后落人间，三千有余首。

经世吟

羲轩尧舜，汤武桓文。皇王帝伯，父子君臣。
四者之道，理限于秦。降及两汉，又历三分。
东西俶扰，南北纷纭。五胡十姓，天纪几焚。
非唐不济，非宋不存。千世万世，中原有人。

未有吟

未有一分功，先立十分敌。所得无分毫，所丧无纪极。
未有一分让，先有十分争。所丧者实事，所得者虚名。

诫子吟

至宝明珠非有纇，全珍良玉自无瑕。
为珠为玉尚如此，何况为人多过差。

有过不能改，知贤不肯亲。虽生人世上，未得谓之人。
周孔不足法，轲雄不足师。还同弃常膳，除是适蛮夷。

乾坤吟

意亦心所至，言须耳所闻。谁云天地外，别有好乾坤。
道不远于人，乾坤只在身。谁能天地外，别去觅乾坤。

冬至吟

何者谓之几，天根理极微。今年初尽处，明日未来时。
此际易得意，其间难下辞。人能知此意，何事不能知。

善人吟

良如金玉，重如丘山。
仪如鸾凤，气如芝兰。

尧夫吟

尧夫吟，天下拙。来无时，去无节。如山川，行不彻。
如江河，流不竭。如芝兰，香不歇。如《箫韶》，声不绝。
也有花，也有雪。也有风，也有月。又温柔，又峻烈。
又风流，又激切。

人情吟

人达人情，无寡无广。
天下之事，如指诸掌。

诫子吟

鸡能警旦，马能代行。犬能守御，牛能力耕。
人禀天地，万物之灵。妒贤嫉能，不如不生。

有常吟

天地有常理，日月有常明。
四时有常序，鬼神有常灵。
圣人有常德，小人无常情。

人物吟

人盛必有衰，物生须有死。既见身前人，乃知身后事。
身前人能兴，身后事岂废。兴废先言人，然后语天地。

多事吟

多事招忧，多疑招闷。
多与招吝，多取招损。

答和吴传正赞善

洛阳城里一愚夫，十许年来不读书。
老去情怀难状处，淡烟寒月映松疏。

安分吟

轻得易失，多谋少成。
德无尽利，善无近名。

丁宁吟

人无忽略，事贵丁宁。
忽略近薄，丁宁近诚。

冬至吟

冬至子之半，天心无改移。一阳初起处，万物未生时，
玄酒味方淡，大音声正希。此言如不信，更请问庖牺。

太平吟

太平时世园亭内，丰稔岁年村落间。
情味一般难状处，风烟草木尽闲闲。

探春吟

草色依稀绿，花梢隐约红。
一般难道说，如醉在心中。

窥开吟

物理窥开后，人情照破时。一身都是我，瘦了又还肥。
物理窥开后，人情照破时。能将函谷塞，只用一丸泥。
物理窥开后，人情照破时。能将一个字，善解百年迷。
物理窥开后，人情照破时。情中明事体，理外见天机。
物理窥开后，人情照破休。止堪初看望，不可久延留。
物理窥开后，人情照破时。欲知花烂漫，便是叶离披。

费力吟

事无巨细。人有得失。
得之小心，失之费力。

自余吟

身生天地后，心在天地前。

天地自我出，自余何足言。

至论吟

民于万物已称珍，圣向民中更出群。
介石不疑何尽日，知几何患未如神。
若无刚果难成善，既有精明又贵纯。
祸福兆时皆有渐，不由天地只由人。

首尾吟　共一百三十五首，录二十首。

尧夫非是爱吟诗，安乐窝中坐看时，
一气旋回无少息，两仪覆焘未尝私。
四时更革互为主，百物新陈争效奇。
享了许多家乐事，尧夫非是爱吟诗。

尧夫非是爱吟诗，安乐窝中得意时。
志快不须求事显，书成当自有人知。
林泉且作酬心物，风月聊充藉手资。
多少宽平好田地，尧夫非是爱吟诗。

尧夫非是爱吟诗，虽老精神未耗时。
水竹清闲先据了，莺花富贵又兼之。

梧桐月向怀中照，杨柳风来面上吹。
被有许多闲捧拥，尧夫非是爱吟诗。

尧夫非是爱吟诗，诗是尧夫咏史时。
旷古第成千觉梦，中原都入一枰棋。
唐虞玉帛烟光紫，汤武干戈草色萋。
观古事多今可见，尧夫非是爱吟诗。

尧夫非是爱吟诗，诗是尧夫赞仲尼。
大事既去止可叹，皇纲已坠如何追。
由兹春秋无义战，所以定哀多微辞。
绝笔获麟之一句，尧夫非是爱吟诗。

尧夫非是爱吟诗，诗是尧夫自得时。
风露清时收翠润，山川秀处摘新奇。
揄扬物性多存体，拂掠人情薄用辞。
遗味正宜涵泳处，尧夫非是爱吟诗。

尧夫非是爱吟诗，诗是尧夫确论时。
若以后时为失计，必将先手作知几。
三千宾客成何梦，百二山河付阿谁。
弄巧既多翻作拙，尧夫非是爱吟诗。

尧夫非是爱吟诗，诗是尧夫髣髴时。
写字吟诗为润色，通经达道是镃基。
经纶亦可为余事，性命方能尽所为。
可谓一生男子事，尧夫非是爱吟诗。

尧夫非是爱吟诗，诗是尧夫拍手时。
此路清闲都属我，这般喜欢更饶谁。
将何势力为凭藉，著甚言辞与指挥。
迁怒饰非何更有，尧夫非是爱吟诗。

尧夫非是爱吟诗，诗是尧夫忆昔时。
天下只知才可处，人间不信事难为。
眼观秋水斜阳远，泪洒西风黄叶飞。
此意如今都去尽，尧夫非是爱吟诗。

尧夫非是爱吟诗，诗是尧夫乐物时。
天地精英都已得，鬼神情状又能知。
陶真意向辞中见，借论言从意外移。
始信诗能通造化，尧夫非是爱吟诗。

尧夫非是爱吟诗，诗是尧夫重惜时。
西晋浮夸时可叹，南梁崇尚事堪悲。
仲尼岂欲轻辞鲁，孟子何尝便去齐。

仪凤不来人老去，尧夫非是爱吟诗。

尧夫非是爱吟诗，诗是尧夫切虑时，
千世万世所遭遇，圣人贤人曾施为。
当初何故尽有说，在后可能都没辞。
事既不同时又异，尧夫非是爱吟诗。

尧夫非是爱吟诗，诗是尧夫自得时。
已把乐为心事业，更将安作道枢机。
未来身上休思念，既入手中须指挥。
迎刃何烦多顾虑，尧夫非是爱吟诗。

尧夫非是爱吟诗，诗是尧夫可爱时。
已着意时仍着意，未加辞处与加辞。
物皆有理我何者，天且不言人代之。
代了天工无限说，尧夫非是爱吟诗。

尧夫非是爱吟诗，诗是尧夫尽性时。
若圣与仁虽不敢，乐天知命又何疑。
恢恢志意方闲暇，绰绰情怀正坦夷。
心逸口休难状处，尧夫非是爱吟诗。

尧夫非是爱吟诗，诗是尧夫用畜时。

史籍始终明治乱，经书表里见安危。
庖牺可作三才主，孔子当为万世师。
不止前言与往行，尧夫非是爱吟诗。

尧夫非是爱吟诗，诗是尧夫掷笔时。
事体顺时为物理，人情安处是天机。
坚如金石犹能动，灵若鬼神何可欺。
此外更无言语道，尧夫非是爱吟诗。

尧夫非是爱吟诗，诗是尧夫掩卷时。
时过犹能用《归妹》，物伤长惧入《明夷》。
夏商盛日何由见，唐汉衰年争忍思。
畎亩不忘天下处，尧夫非是爱吟诗。

尧夫非是爱吟诗，诗是尧夫无必时。
或让或争时既往，相因相革事难齐。
羲轩尧舜前规矩，汤武桓文旧范围。
一笔写成还抹了，尧夫非是爱吟诗。

朱晦庵别传

朱熹，字元晦，一字仲晦，徽州婺源人。父松韦斋，以不附和议忤秦桧，去国，寓居于闽。先生十四岁丧父，奉遗命禀学于刘勉之、刘子翚、胡宪三人之门。十九岁，登进士第，授泉州同安主簿，始师事延平李侗愿中。二十八岁，同安罢归，请祠禄，养母家居。三十八岁，访张栻敬夫于长沙，留三阅月而归。四十岁，丧母。四十六岁，吕祖谦伯恭来访，相与共选《近思录》。平生交游讲学，盖与张、吕两人为最密。四十九岁，始复出，知南康军事。后又任提举浙东常平茶盐，知漳州、潭州，连前同安簿知南康军凡五任九考。六十五岁，任宁宗经筵侍讲，先后四十日。忤韩侂胄，乞休致。遭“伪学”禁。落职罢祠。年七十一卒。先生生于南安之尤溪。既孤，韦斋友刘子羽为筑室崇安之五夫里居之。以徽州有紫阳山，韦斋曾刻“紫阳书堂”印章，遂榜其听事曰紫阳书堂。四十一岁筑草堂于建阳天湖山之寒泉坞，曰寒泉精舍，盖近其母之葬地。又筑草堂于建阳芦峰山，更名曰云谷，榜曰晦庵，又自称云谷老人。五十四岁归自浙东，学者响附云集，始结庐于武夷之五曲，曰武夷精舍。六十三岁自漳州归，又筑室于建阳之考亭，建精舍于东，匾曰竹林，后更曰沧洲。自号沧洲病叟。遇禁锢，更号遁翁。家故贫，箪瓢屡空，晏如也。诸生自远至，豆饭藜羹，与之共。往往称贷于人；非道义，则一介不取。著书有《易本义》、《启蒙》、《诗集传》、《论语孟子集注》、《大学中庸章句》、《太极图通书西铭解》、《楚辞集注》、《辨证》、《韩文考异》，及《论孟学庸或问》、《小学书》、《通鉴纲目》、《宋名臣言行录》、《近思录》、《河南程氏遗书》、《伊洛渊源录》等数十种，皆行于世。其文集有百卷，续集、别集又二十一卷。生徒问答语类一百四十卷。及门黄干为行状，称之曰："自孔、孟以下千有余年，微言几绝，周、程、张子崛起，未百年，踳驳尤甚。先生出，而自周以来相传之道，一旦豁然，如日月中天，昭晰呈露。"李方子亦曰："《语》、《孟》二书，世所诵习，为之说者亦多，而析理未精，释言未备。《大学》、《中庸》，至程子始表章之。先生搜集先儒之说，断以己意，妙得圣人之本旨，昭示斯道之标的。由是以穷诸经，订群史，以及百世之书，数千年间世道学术、议论文词之变，皆若身亲历于其间而耳接目睹焉者。合濂、洛之正传，绍邹、鲁之坠绪，前圣后贤之道，该遍全备，集其大成。起斯文于将坠，觉来裔于无穷，虽与天壤俱弊可也。"初，先生与吕伯恭会陆子寿、子静兄弟于江西信州之鹅湖寺，论学不合。嗣又晤子寿于铅山，晤子静于庐阜。而终以辨"无极"、

“太极”与子静相分裂。此后理学界遂争“朱陆异同”。及王伯安起，见称为“程朱”、“陆王”，为理学界不可弥缝一大公案。其诗雅淡和平，渊源《选》体。胡应麟称南宋古体当推朱元晦。沈栾城句：“花月平章二百载，诗名终是首文公。”

晦庵诗钞

远游篇　十九岁作

举坐且停酒，听我歌远游。远游何所至，咫尺视九州。
九州何茫茫，环海以为疆。上有孤凤翔，下有神驹骧。
孰能不惮远，为我游其方。为子奉尊酒，击铗歌慨慷。
送子临大路，寒日为无光。悲风来远壑，执手空徊徨。
问子何所之，行矣戒关梁。世路百险艰，出门始忧伤。
东征忧旸谷，西游畏羊肠。南辕犯疠毒，北驾风裂裳。
愿子驰坚车，躐险摧其刚。峨峨既不支，琐琐谁能当。
朝登南极道，暮宿临太行。睥睨即万里，超忽凌八荒。
无为蹩躠者，终日守空堂。

教思堂作示诸同志

吏局了无事，横舍终日闲。庭树秋风至，凉气满窗间。
高阁富文史，诸生时往还。纵谈忽忘倦，时观非云悭。
咏归同与点，坐忘庶希颜。尘累日以销，何必栖空山。

示诸同志

夏木已云暗，时禽变新声。林园草被径，端居有余清。
端居亦何为，日夕掩柴荆。静有弦诵乐，而无尘虑并。
良朋肯顾予，尚有夙心倾。深惭未闻道，折衷非所宁。
眷焉抚流光，中夜叹以惊。高山徒仰止，远道何由征。

再至同安假民舍以居示诸生

端居托穷巷，廪食守微官。事少心虑怡，吏休庭宇宽。
晨兴吟诵余，体物随所安。杜门不复出，悠然得真欢。
良朋夙所敦，精义时一殚。壶餐虽牢落，此亦非所难。

仁　术

在昔贤君子，存心每欲仁。求端从有术，及物岂无因。

恻隐来何自，虚明觉处真。扩充从此念，福泽遍斯民。
入井仓皇际，牵牛觳觫辰。向来看楚越，今日备吾身。

困学二首

旧喜安心苦觅心，捐书绝学费追寻。
困衡此日安无地，始觉从前枉寸阴。

困学工夫岂易成，斯名独恐是虚称。
傍人莫笑标题误，庸行庸言实未能。

克　己

宝鉴当年照胆寒，向来埋没太无端。
只今垢尽明全见，还得当年宝鉴看。

曾　点

春服初成丽景迟，步随流水玩晴漪。
微吟缓节归来晚，一任轻风拂面吹。

春　日

胜日寻芳泗水滨，无边光景一时新。
等闲识得东风面，万紫千红总是春。

春日偶作

闻道西园春色深，急穿芒屐去登临。
千葩万蕊争红紫，谁识乾坤造化心。

观书有感二首

半亩方塘一鉴开，天光云影共徘徊。
问渠那得清如许，为有源头活水来。

昨夜江边春水生，蒙冲巨舰一毛轻。
向来枉费推移力，此日中流自在行。

题西林院壁

巾屦翛然一钵囊，何妨且住赞公房。
却嫌宴坐观心处，不奈檐花抵死香。

题西林可师达观轩

窈窕云房深复深，层轩俄此快登临。
卷帘一目遥山碧，底是高人达观心。

再　题

古寺重来感慨深，小轩仍是旧窥临。
向来妙处今遗恨，万古长空一片心。

示西林可师二首

身世年来欲两忘，一春随意住僧房。
行逢旧隐低回久，绿树莺啼清昼长。

幽居四畔只空林，啼鸟落花春意深。
独宿尘龛无梦寐，五更山月照寒衾。

闻二十八日之报喜而成诗七首　录二

胡马无端莫四驰，汉家元有中兴期。
旃裘喋血淮山寺，天命人心合自知。

渡淮诸将已争驰，兔脱鹰扬不会期。
杀尽残胡方反旆，里闾元未有人知。

寿母生朝

秋风萧爽天气凉，此日何日升斯堂。
堂中老人寿而康，红颜绿鬓双瞳方。
家贫儿痴但深藏，五年不出门庭荒。
灶陉十日九不炀，岂办甘脆陈壶觞，低头包羞汗如浆。
老人此心久已忘，一笑谓汝庸何伤。
人间荣耀岂可常，惟有道义思无疆。
勉励汝节弥坚刚，熹前再拜谢阿娘。
自古作善天降祥，但愿年年似今日，老莱母子俱徜徉。

夏日二首

端居倦时暑，竟日掩柴门。窗风远飙至，竹树清阴繁。
静有图史乐，寂无车马喧。兹焉惬所尚，难与世人论。

季夏园木暗，窗户贮清阴。长风一掩苒，众绿何萧椮。
玩此消永昼，冷然涤幽襟。俯仰无所为，聊复得此心。

汲清泉渍奇石置熏炉其后香烟被之江山云物居然有万里趣因作四小诗

晴窗出寸碧，倒影媚中川。云气一吞吐，湖江心渺然。
一水渺空阔，群山中接连。寒阴白雾涌，飞度碧峰前。
隐几对寒碧，忘言心自闲。岂知宜寂士，灭迹青峰间。
吟余忽自笑，老矣方好弄。慨然思古人，尺璧寸阴重。

偶题三首

门外青山翠紫堆，幅巾终日面崔嵬。
只看云断成飞雨，不道云从底处来。

擘开苍峡吼奔雷，万斛飞泉涌出来。
断梗枯槎无泊处，一川寒碧自萦回。

步随流水觅溪源，行到源头却惘然。
始悟真源行不到，倚筇随处弄潺湲。

挽延平李先生三首

河洛传心后，毫厘复易差。淫辞方眩俗，夫子独名家。

本本初无二，字字自不邪。谁知经济业，零落旧烟霞。

闻道无余事，穷居不计年。箪瓢浑谩与，风月自悠然。
洒落濂溪句，从容洛社篇。平生行乐地，今日但新阡。

岐路方南北，师门数仞高。一言资善诱，十载笑徒劳。
斩板今来此，怀经痛所遭。有疑无与析，挥泪首频搔。

用西林旧韵二首

一自篮舆去不回，故山空锁旧池台。
伤心触目经行处，几度亲陪杖屦来。

上疏归来空皂囊，未妨随意宿僧房。
旧题岁月那堪数，惭愧平生一瓣香。

奉同张敬夫城南二十咏

纳　湖
诗筒连画卷，坐看复行吟。
想像南湖水，秋来几许深。

东　渚

小山幽桂丛，岁暮霭佳色。
花落洞庭波，秋风渺何极。

咏归桥

绿涨平湖水，朱栏跨小桥。
舞雩千载事，历历在今朝。

船　斋

考盘虽在陆，滉漾水云深。
正尔沧洲趣，难忘魏阙心。

丽泽堂

堂后林阴密，堂前湖水深。
感君怀我意，千里梦相寻。

兰　涧

光风浮碧涧，兰杜日猗猗。
竟岁无人采，含薰只自知。

书　楼

君家一编书，不自圯上得。
石室寄林端，时来玩幽赜。

山　斋

藏书楼上头，读书楼下屋。

怀哉千载心，俯仰数椽足。

蒙　轩

先生湖海姿，蒙养今自閟。

铭坐仰先贤，点画存《彖》《系》。

石　濑

疏此竹下渠，漱彼涧中石。

暮馆绕寒声，秋空动澄碧。

卷云亭

西山云气深，徙倚一舒啸。

浩荡忽褰开，为君展遐眺。

柳　堤

渚华初出水，堤树亦成行。

吟罢天津句，熏风拂面凉。

月　榭

月色三秋白，湖光四面平。

与君凌倒景，上下极空明。

濯　清

涉江采芙蓉，十反心无斁。
不遇无极翁，深衷竟谁识。

西　屿

朝吟东渚风，夕弄西屿月。
人境谅非遥，湖山自幽绝。

淙　谷

湖光湛不流，嵌窦亦潜注。
倚杖忽淙琤，竹深无觅处。

听雨舫

彩舟停画桨，容与得欹眠。
梦破蓬窗雨，寒声动一川。

梅　堤

仙人冰雪姿，贞秀绝伦拟。
驿使讵知闻，寻香问烟水。

采菱舟

湖平秋水碧，桂棹木兰舟。
一曲菱歌晚，惊飞欲下鸥。

南　皋

高丘复层观，何日去登临。
一目长空尽，寒江列暮岑。

送吴茂实

朝市令人昏，山林使人傲。
谁知昏傲两俱非，但说山林是高蹈。

赵君择携琴载酒见访分韵得琴字

山城夜寥阒，虚堂香沉沉。
王孙有高趣，挈榼来相寻。
喜兹烦抱舒，未觉杯酒深。

一为尘外想，再抚丘中琴。
余音殷雷动，爽籁悲龙吟。
寄谢筝笛耳，宁知山水音。

感　怀

经济夙所尚，隐沦非素期。几年霜露感，白发忽已垂。
凿井北山址，耕田南涧湄。乾坤极浩荡，岁晚将何之。

斋居感兴二十首

余读陈子昂《感寓诗》，爱其词旨幽邃，音节豪宕，非当世词人所及。如丹砂、空青、金膏、水碧，虽近乏世用，而实物外难得自然之奇宝。欲效其体作十数篇，顾以思致平凡，笔力萎弱，竟不能就。然亦恨其不精于理，而自托于仙佛之间以为高也。斋居无事，偶书所见，得二十篇，虽不能探索微眇，追迹前言，然皆切于日用之实，故言亦近而易知。既以自警，且以贻诸同志云。

昆仑大无外，旁薄下深广。阴阳无停机，寒暑互来往。
皇牺古神圣，妙契一俯仰。不待窥马图，人文已宣朗。
浑然一理贯，昭晰非象罔。珍重无极翁，为我重指掌。

吾观阴阳化，升降八纮中。前瞻既无始，后际那有终。
至理谅斯存，万世与今同。谁言混沌死，幻语惊盲聋。

人心妙不测，出入乘气机。凝冰亦焦火，渊沦复天飞。
至人秉元化，动静体无违。珠藏泽自媚，玉韫山含晖。
神光烛九垓，玄思彻万微。尘编今寥落，叹息将安归。

静观灵台妙，万化此从出。云胡自芜秽，反受众形役。
厚味纷朵颐，妍姿坐倾国。崩奔不自悟，驰骛靡终毕。
君看穆天子，万里穷辙迹。不有《祈招》诗，徐方御宸极。

泾舟胶楚泽，周纲已陵夷。况复《王风》降，故宫黍离离。
玄圣作《春秋》，哀伤实在兹。祥麟一以踣，反袂空涟洏。
漂沦又百年，僭侯荷爵珪。王章久已丧，何复嗟叹为。
马公述孔业，托始有余悲。拳拳信忠厚，无乃迷先几。

东京失其御，刑臣弄天纲。西园植奸秽，五族沉忠良。
青青千里草，乘时起陆梁。当涂转凶悖，炎精遂无光。
桓桓左将军，仗钺西南疆。伏龙一奋跃，凤雏亦飞翔。
祀汉配彼天，出师惊四方。天意竟莫回，王图不偏昌。
晋史自帝魏，后贤盍更张。世无鲁连子，千载徒悲伤。

晋阳启唐祚，王明绍巢封。垂统已如此，继体宜昏风。
麀聚渎天伦，牝晨司祸凶。乾纲一以坠，天枢遂崇崇。
淫毒秽宸极，虐焰燔苍穹。向非狄张徒，谁办取日功。

云何欧阳子，秉笔迷至公。唐经乱周纪，凡例孰此容。
侃侃范太史，受说伊川翁。《春秋》二三策，万古开群蒙。

朱光遍炎宇，微阴眇重渊。寒威闭九野，阳德昭穷泉。
文明昧谨独，昏迷有开先。几微谅难忽，善端本绵绵。
掩身事斋戒，及此防未然。闭关息商旅，绝彼柔道牵。

微月堕西岭，烂然众星光。明河斜未落，斗柄低复昂。
感此南北极，枢轴遥相当。太一有常居，仰瞻独煌煌。
中天照四国，三辰环侍旁。人心要如此，寂感无边方。

放勋始钦明，南面亦恭己。大哉精一传，万世立人纪。
猗欤叹日跻，穆穆歌敬止。戒獒光武烈，待旦起周礼。
恭维千载心，秋月照寒水。鲁叟何常师，删述存圣轨。

吾闻包牺氏，爰初辟《乾》《坤》。
《乾》行配天德，《坤》布协地文。
仰观玄浑周，一息万里奔。俯察方仪静，隤然千古存。
悟彼立象意，契此入德门。勤行当不息，敬守思弥敦。

《大易》图象隐，《诗》《书》简编讹。
《礼》《乐》矧交丧，《春秋》鱼鲁多。
瑶琴空宝匣，弦绝将如何。

兴言理余韵，龙门有遗歌。（程子晚居龙门之南。）

颜生躬四勿，曾子日三省。《中庸》首谨独，衣锦思尚䌹。
伟哉邹孟氏，雄辩极驰骋。操存一言要，为尔挈裘领。
丹青著明法，今古垂焕炳。何事千载余，无人践斯境。

元亨播群品，利贞固灵根。非诚谅无有，五性实斯存。
世人逞私见，凿智道弥昏。岂若林居子，幽探万化原。

飘飖学仙侣，遗世在云山。盗启元命秘，窃当生死关。
金鼎蟠龙虎，三年养神丹。刀圭一入口，白日生羽翰。
我欲往从之，脱屣谅非难。但恐逆天道，偷生讵能安。

西方论缘业，卑卑喻群愚。流传世代久，梯接凌空虚。
顾盼指心性，名言超有无。捷径一以开，靡然世争趋。
号空不践实，踬彼榛棘途。谁哉继三圣，为我焚其书。

圣人司教化，黉序育群才。因心有明训，善端得深培。
天叙既昭陈，人文亦褰开。云何百代下，学绝教养乖。
群居竞葩藻，争先冠伦魁。淳风反沦丧，扰扰胡为哉。

童蒙贵养正，孙弟乃其方。鸡鸣咸盥栉，问讯谨暄凉。
奉水勤播洒，拥慧周室堂。进趋极虔恭，退息常端庄。

劬书剧嗜炙，见恶逾探汤。庸言戒粗诞，时行必安详。
圣途虽云远，发轫且勿忙。十五志于学，及时起高翔。

哀哉牛山木，斤斧日相寻。岂无萌蘖在，牛羊复来侵。
恭惟皇上帝，降此仁义心。物欲互攻夺，孤根孰能任。
反躬艮其背，肃容正冠襟。保养方自此，何年秀穹林。

玄天幽且默，仲尼欲无言。动植各生遂，德容自清温。
彼哉夸毗子，呫嗫徒啾喧。但逞言辞好，岂知神监昏。
曰余昧前训，坐此枝叶繁。发愤求刊落，奇功收一原。

卜　居

卜居屏山下，俯仰三十秋。终然村墟近，未惬心期幽。
近闻西山西，深谷开平畴。茆茨十数家，清川可行舟。
风俗颇淳朴，旷土非难求。誓捐三径资，往遂一壑谋。
伐木南山颠，结庐北山头。耕田东溪岸，濯足西溪流。
朋来即共欢，客去成孤游。静有山水乐，而无身世忧。
著书俟来哲，补过希前修。兹焉毕暮景，何必营菟裘。

鹅湖寺和陆子寿

德义风流夙所钦，别离三载更关心。

偶扶藜杖出寒谷，又枉蓝舆度远岑。
旧学商量加邃密，新知涵养转深沉。
却愁说到无言处，不信人间有古今。

奉题张敬夫春风楼

隆堂谨前规，杰阁耸奇观。凭栏俯江山，极目眇云汉。
主人沂上翁，顾肯吟泽畔。俯仰一喟然，冲融无间断。
我来抑何幸，屡此承晤叹。平生滞吝胸，砉若层冰泮。
继今两切切，保合勤旦旦。万事尽纷纶，吾道一以贯。

二诗奉酬敬夫赠言并以为别

我行二千里，访子南山阴。不忧天风寒，况惮湘水深。
辞家仲秋旦，税驾九月初。问此为何时，严冬岁云徂。
劳君步玉趾，送我登南山。南山高不极，雪深路漫漫。
泥行复几程，今夕宿槠州。明当分背去，惆怅不得留。
诵君赠我诗，三叹增绸缪。厚意不敢忘，为君商声讴。

昔我抱冰炭，从君识乾坤。始知太极蕴，要眇难名论。
谓有宁有迹，谓无复何存。惟应酬酢处，特达见本根。
万化自此流，千圣同兹源。旷然远莫御，惕若初不烦。
云何学力微，未胜物欲昏。涓涓始欲达，已被黄流吞。

岂知一寸胶，救此千丈浑。勉哉共无斁，此语期相敦。

同林择之范伯崇归自湖南袁州道中多奇峰秀木怪石清泉请人赋一篇

我行宜春野，四顾多奇山。攒峦不可数，峭绝谁能攀。
上有青葱木，下有清泠湾。更怜湾头石，一一神所剜。
众目共遗弃，千秋保坚顽。我独抱孤赏，喟然起长叹。

有怀南轩老兄呈伯崇择之二友二首

忆昔秋风里，寻盟湘水傍。胜游朝挽袂，妙语夜连床。
别去多遗恨，归来识大方。惟应微密处，独欲细商量。

积雨芳菲暗，新晴始豁然。园林媚幽独，窗户惬清妍。
晤语心何远，（谓日与择之讲论。）书题意未宣。（谓数收伯崇近书。）
悬知今夜月，同梦舞雩边。

送林熙之诗五首　录二

君行往返一千里，过我屏山山下村。
浊酒寒灯静相对，论心直欲到无言。

仁体难明君所疑，欲求直截转支离。
圣言妙缊无穷意，涵泳从容只自知。

游密庵

弱龄慕丘壑，兹山屡游盘。朝跻青冥外，暮陟浮云端。
晴岚染襟裾，水石清肺肝。俯仰未云已，岁月如飞翰。
中年尘雾牵，引脰空长叹。旷岁一登历，心期殊未阑。
矧此亲友集，笑谈有余欢。结架迫弯碕，徙倚临奔湍。
共惜前古秘，今为后来观。落景丽云木，回风馥秋兰。
林昏景益佳，怅然抚归鞍。谅哉故山好，莫遣兹盟寒。

立春大雪邀刘圭甫诸兄游天湖

同云被四野，寒气惨悲凉。回风一以定，密雪来飘扬。
时当冬候穷，开岁五日强。蓬巷无与适，陟此琼台冈。
宾友既追随，儿童亦携将。攀跻得冢顶，徙倚聊彷徨。
俯视千里空，仰看万鹤翔。远迷乱峰翠，近失平林苍。
偃薄莹神骨，咀咽清肝肠。朗咏《招隐》作，悲吟《黄竹》章。
古人不可见，来者谁能量。且复记兹日，他年亦难忘。

寄吴公济兼简李伯谏五首 录四

客子归来春未深，只因寒雨罢登临。
闲窗竟日焚香坐，一段孤明见此心。

三径莓苔昼掩关，君来问道却空还。
从今蜡屐应无恙，有兴何妨再入山。

繁弦急筦盛流传，《清庙》遗音久绝弦。
欲识寥寥千古意，莫将新语勘尘编。

忆昔殊方久滞淫，年深归路始骎骎。
傍人欲问箪瓢乐，理义谁知悦我心。

将游云谷约同行者

跻险择幽栖，搴萝结茅屋。疏泉下石濞，种树满烟谷。
时登北原上，一骋千里目。云物下逶迤，冈峦远重复。
暂辞忽旷岁，再往恨牵俗。因悲昨游侣，或已在鬼录。
暄风悟新阳，一雨欣众绿。明发君莫迟，幽期我当卜。

九月六日早发潭溪夜登云谷翌旦赋此

怀山不能寐，中宵命行轩。亭午息畏景，薄暮登危峦。
峻极逾百磴，萦纡欲千盘。行行遂曛黑，月落天风寒。
羽人候中涂，良朋集林端。问我何所迫，而尝兹险艰。
疲劳既云极，饥渴不能言。投装卧中丘，幸此一室宽。
怒号竟永夕，客枕无时安。旦起辟幽户，竹树青檀栾。
惊喜非昔睹，披寻得新观。淹留十日期，俯仰有余欢。
寄语后来子，勿辞行路难。

云谷杂诗十二首

登　山

夕阳翳东峰，微月下西岭。
不辞青鞋穿，陟此岩路永。
岩路永且跻，中情何耿耿。

值　风

山下风吹衣，山上风拔木。
茅茨何足保，瀛海虑翻覆。
未念执鬯人，无心还自恧。（见《易传·震卦》。）

玩　月

风起云气昏，风定天宇肃。
遥遥万里晖，炯炯穿我屋。
良友共徘徊，山中讵幽独。

谢　客

野人载酒来，农谈日西夕。
此意良已勤，感叹情何极。
归去莫频来，林深山路黑。

劳　农

四体久不勤，筋力坐驽缓。
何事两山阿，离离豆苗满。
多谢植杖翁，居然见长短。

讲　道

高居远尘杂，崇论探杳冥。
亹亹玄运驶，林林群动争。
天道固如此，吾生安得宁。

怀　人

吾党二三子，欲来从我游。
尘机谅扰扰，遐诺终悠悠。

空山日复晚，伫立怅夷犹。

倦　游

故人千里别，约我仍丹丘。
云何一解散，书到令人愁。
此山非不幽，何必赋《远游》。

修　书

紬书厌尘累，执简投云关。
灵钥启玄秘，肃斧锄幽奸。
书成莫示人，留置此山间。

宴　坐

登山思未穷，临水心未厌。
沉疴何当平，膏肓今自砭。
默坐秋堂空，遐观靡余念。

下　山

行随流水声，步出哀壑底。
绿树枝相樛，白涧石齿齿。
树石无穷年，流水日千里。

还　家

出去柴门掩，归来蕙草秋。
素苓林下吐，清芬衣上浮。
欲寄山中友，日暮怅离忧。

云谷合记事目效俳体戏作三诗寄季通

云关须早筑，基趾要坚牢。
栽竹行教密，穿池岸欲高。
乘春移菡萏，带雪觅萧椮。（谓杉径也。）
更向关门外，疏泉斩乱蒿。
堂成今六载，上雨复旁风。
逐急添茆盖，连忙毕土功。（谓柱下贴砖。）
桂林何日秀，兰径几时通。
并筑双台子，东山接水筒。
庄舍宜先立，山楹却渐营。
泉疏药圃润，堰起石池清。
早印荒田契，仍标别户名。
想应频检校，只恐欠方兄。

日用自警示平父

圆融无际大无余，即此身心是太虚。

不向用时勤猛省，却于何处味真腴。
寻常应对尤须谨，造次施为更莫疏。
一日洞然无别体，方知不枉费功夫。

秋日同廖子晦刘淳叟方伯休刘彦集登天湖下饮
泉石轩以山水含清晖分韵赋诗得清字

闲居寡俦侣，掩关抱孤清。良友倏来止，旷然舒我情。
矧此凉秋初，暑退裳衣轻。相与一携手，东山眇遐征。
前穿林岭幽，俯瞰川原平。降集崖寺古，徘徊浊醪倾。
长吟《伐木》篇，潜鳞亦相惊。愿结沮溺耦，穷年此岩耕。

云谷次吴公济韵

昔营此幽栖，邈与世相绝。誓将百年身，来守固穷节。
心期苦未遂，岁月一何阔。终然匹夫志，肯遽甘没没。
兹晨复登瞰，目尽云一抹。激烈永啸余，朗寥高韵发。
夫君内德备，不学王骀兀。观心见参倚，出世自英杰。
朅来肯顾我，同去弄云月。微言得深扣，大句亦孤拔。
多谢警疏慵，未敢叹瞻忽。更问毫厘间，是同端是别。

崇寿客舍夜闻子规得三绝句写呈平父兄烦为转寄彦集兄及两县间诸亲友 录二

空山初夜子规鸣，静对琴书百虑清。
唤得形神两超越，不知底是断肠声。

空山中夜子规啼，病怯余寒觅故衣。
不为明时堪眷恋，久知岐路不如归。

屡游庐阜欲赋一篇而不能就六月中休董役卧龙偶成此诗

登车闽岭徼，息驾康山阳。康山高不极，连峰郁苍苍。
金轮西嵯峨，五老东昂藏。想像仙圣集，似闻笙鹤翔。
林谷下凄迷，云关杳相望。千岩虽竞秀，二胜终莫量。
仰瞻银河翻，俯看交龙骧。长吟谪仙句，和以玉局章。
畴昔劳梦思，兹今幸徜徉。尚恨忝符竹，未惬栖云房。
已寻两峰间，结屋依阳冈。上有飞瀑驶，下有清流长。
循名协心期，吊古增悲凉。壮齿乏奇节，颓年矧昏荒。
誓将尘土踪，暂寄云水乡。封章傥从欲，归哉濯沧浪。

卧龙之游得秋字赋诗纪事呈同游诸名胜聊发一笑

蹑石度急涧，穷源得灵湫。谽谺两对立，喷薄中怒投。
何年避人世，结屋栖岩陬。嘉名信有托，故迹谁能求。
我来一经行，凄其仰前脩。邻翁识此意，伐木南山幽。
为我立精舍，开轩俯清流。多岐谅匪安，一壑真良谋。
解组云未遂，驱车且来游。嘉宾颇蝉联，野蔌更献酬。
饮罢不知晚，欲去还淹留。跻攀已别峰，窥临忽沧洲。
下集西涧底，沉吟树相樛。玉渊茗饮余，三峡空尊愁。
怀贤既伊郁，感事增绸缪。前旌向城郭，回首千峰秋。

寻白鹿洞故址爱其幽邃议复兴建感叹有作

清泠寒涧水，窈窕青山阿。昔贤有幽尚，眷言此婆娑。
事往今几时，高轩绝来过。学馆空废址，鸣弦息遗歌。
我来劝相余，杖策搴绿萝。谋野欣有获，披图知匪讹。
永怀当年盛，莘莘衿佩多。博约感明恩，涵濡熙泰和。
凄凉忽荒榛，俯仰惊颓波。发教逮纲纪，喟然心靡它。
伐木循阴冈，结屋依阳坡。
一朝谢尘浊，归哉硕人薖。（时已疏上尚书乞洞主矣。）

游白鹿洞熹得谢字赋呈元范伯起之才三兄并示诸同游者

岁月有环周，穷腊忽受谢。眷眷山水心，幸此朱墨暇。
招呼得良友，邂逅成夙驾。深寻故辙迹，喜见新结架。
永怀拾遗公，藏器此待价。横流《诗》《书》泽，下及杨李霸。
炎神抚兴运，制作流大化，石室万卷藏，纶言九天下。
规模未云远，荒茀良可诧。自非贤邑宰，谁复此精舍。
会当求敕赐，毕愿老耕稼。更与尽心期，临流抗风榭。

次卜掌书落成白鹿佳句

重营旧馆喜初成，要共群贤听《鹿鸣》。
三爵何妨奠蘋藻，一编讵敢议明诚。
深源定自闲中得，妙用元从乐处生。
莫问无穷庵外事，此心聊与此山盟。

次韵四十叔父白鹿之作

诛茅结屋想前贤，千载遗踪尚宛然。
故作轩窗挹苍翠，要将弦诵答潺湲。
诸郎有志须精学，老子无能但欲眠。

多少个中名教乐，莫谈空谛莫求仙。

次张彦辅西原之作

无处堪投迹，空山寄一椽。悬门窥绝壁，缭径上层巅。
槛阔吞江浪，窗虚响谷泉。丹经闲自读，不为学神仙。

登庐峰二首

循硐跻危磴，披云得胜游。蓬茅增旧葺，竹树喜新稠。
梦想三秋别，徘徊十日留。余年端可料，此地欲长休。

佳友纷来集，欣然会宿心，风泉陪徙倚，云月共窥临。
雅唱情俱胜，微言思独深。兹游非逸豫，邂逅得良箴。

游密庵分韵赋诗得清字

误落尘中岁序惊，归来犹幸此身轻。
便将旧友寻山去，更喜新诗取意成。
暖翠乍看浑欲滴，寒流重听不胜清。
个中有趣无人会，琴罢尊空月四更。

石马斜川之集分韵赋诗得灯字

改岁风日好，出门欣得朋。复招里中彦，及此云间僧。
行行涉清波，斯亭一来登。徙倚绿树荫，摩娑苍石棱。
遥瞻原野春，仰视天宇澄。一水既纡郁，群山正崚嶒。
时禽悦新阳，潜鱼跃轻冰。却念去年日，俯仰愁予膺。
长吟斜川诗，日落寒烟凝。暝色变晴景，清尊照华灯。
颓颜感川徂，稚齿欢年增。酒尽不能起，朱栏各深凭。

游石马以驾言出游分韵赋诗得出字

抱病守穷庐，闭户常罕出。坐见春气深，清阴昼蒙密。
今朝积雨过，淑景回煦律。不有尘外踪，何由散愁寂。
行行整巾屦。散漫委书帙。野径自萦纡，前峰但嵂崒。
婆娑茂树下，左右寒流汩。乱石翳苍根，于焉憩腰膝。
追游固才彦，逢遇亦奇逸。招邀愧深情，晤言永兹日。
君有尊中物，我进沂上瑟。日夕不得留，余欢未云毕。

行视武夷精舍作

神山九折溪，沿溯此中半。
水深波浪阔，浮绿春涣涣。（武夷溪凡九曲，多急流乱石，此第五曲水特深阔平缓，绿漪可爱。）

上有苍石屏，百仞耸雄观。

崭岩露垠堮，突兀倚霄汉。（此峰夷上削下，拔地峭立，如方屋帽，按旧图名大隐屏。）

浅麓下萦回，深林久丛灌。

胡然闷千载，逮此开一旦。（峰下小山重复，中有平地数十丈，乔木长藤，茂林脩竹，交相蔽隐，旧无人迹。乾道己丑，予舟过而乐之，及今始能卜筑，以酬曩志。）

我乘新村船，辍棹青草岸。

榛莽喜诛锄，面势穷考按。

居然一环堵，妙处岂轮奂。

左右矗奇峰，踌躇极佳玩。（方经始时，予以病不能来。至是送别山西，始自新村买舟以来，视所缚屋三间，制度殊草草，然背负大隐屏，面直溪南大山，左有魏王上升峰，右有钟模三教等石，极为雄胜。）

是时芳节阑，红绿纷有烂。

好鸟时一鸣，王孙远相唤。（山多狝猴。）

暂游意已惬，独往身犹绊。

珍重舍瑟人，重来足幽伴。（已约初夏与同志皆往游集。）

武夷精舍杂咏并序

武夷之溪东流凡九曲，而第五曲为最深。盖其山自北而南者，至此而尽。耸全石为一峰，拔地千尺，上小平处，微戴土，生林木，极苍翠可玩。而四隤稍下，则反削而入，如方屋帽者，旧经所谓大隐屏也。屏下两麓，坡坨旁引，还复相抱，抱中地平广数亩。抱外溪水，随山势从西北来，四屈折，始过其南。乃复绕山东北流，亦四屈折而出。溪流两旁，丹崖翠壁，林立环拥，神剜鬼刻，不可名状。舟行上下者，方左右顾瞻错愕之不暇，而忽得平冈长阜，苍藤茂木，按衍迤靡，胶葛蒙翳，使人心目旷然以舒，窈然以深，若不可极者，即精舍之所在也。直屏下两麓相抱之中西南向，为屋三间者，仁知堂也。堂左右两室：左曰隐求，以待栖息；右曰止宿，以延宾友。左麓之外，复前引而右抱中，又自为一坞，因累石以门之，而命曰石门之坞。别为屋其中，以俟学者之群居，而取《学记》“相观而善”之义，命之曰观善之斋。右门之西少南，又为屋，以居道流，取道书《真诰》中语，命之曰寒栖之馆。直观善前山之巅为亭，回望大隐屏，最正且尽，取杜子美诗，名以晚对。其东出山，背临溪水，因故基为亭，取胡公语，名以铁笛，说具本诗注中。寒栖之外，乃植楦列樊，以断两麓之口，掩以柴扉，而以武夷精舍之扁揭焉。经始于淳熙癸卯之春，其夏四月既望，堂成，而始来居之。四方士友来者亦甚众，莫不叹其佳胜，而恨它屋之未具，不可以久留也。钓矶茶灶，皆在大隐屏西。矶石上平，在溪北岸。灶在溪中流，巨石屹然，可环坐八九人。四面皆深水，当中科臼，自然如灶，可爨以瀹茗。凡溪水九曲，左右皆石壁，无侧足之径。唯南山之南有蹊焉，而精舍乃在溪北。以故凡出入乎此者，非渔艇不济。总之为赋小诗十有二篇，以纪其实。若夫晦明昏旦之异候，风烟草木之殊态，以至于人物之相羊，猿鸟之吟啸，则有一日之间，恍惚万变而不可穷者。同好之士，其尚有以发于予所欲言而不及者乎哉？

精　舍

琴书四十年，几作山中客。

一日茅栋成，居然我泉石。

仁智堂

我惭仁知心，偶自爱山水，

苍崖无古今，碧涧日千里。

隐求斋

晨窗林影开，夜枕山泉响。

隐去复何求，无言道心长。

止宿寮

故人肯相寻，共寄一茅宇。

山水为留行，无劳具鸡黍。

石门坞

朝开云气拥，暮掩薜萝深。
自笑晨门者，那知孔氏心。

观善斋

负笈何方来，今朝此同席。
日用无余功，相看俱努力。

寒栖馆

竹间彼何人，抱瓮靡遗力。
遥夜更不眠，焚香坐看壁。

晚对亭

倚节南山巅，却立有晚对。
苍峭矗寒空，落日明影翠。

铁笛亭

山前旧有夺秀亭，故侍郎胡公明仲尝与山之隐者刘君，兼道游涉而赋诗焉。刘少豪勇，游侠使气，晚更晦迹，自放山水之间。善吹铁笛，有穿云裂石之声。胡公诗有“更烦横铁笛，吹与众仙听”之句，亭今废久，一日与客及道士数人，寻其故址，适有笛声发于林外，悲壮回郁，岩石皆震，追感旧事，因复作亭以识其处，仍改今名。

何人轰铁笛，喷薄两崖开。
千载留余响，犹疑笙鹤来。

钓 矶

削成苍石棱，倒影寒潭碧。
永日静垂竿，兹心竟谁识。

茶 灶

仙翁遗石灶，宛在水中央。
饮罢方舟去，茶烟袅细香。

渔 艇

出载长烟重，归装片月轻。
千岩猿鹤友，愁绝棹歌声。

出山道中口占

川原红绿一时新，暮雨朝晴更可人。
书册埋头无了日，不如抛却去寻春。

淳熙甲辰中春精舍闲居戏作武夷棹歌十首呈诸同游相与一笑

武夷山上有仙灵，山下寒流曲曲清。
欲识个中奇绝处，棹歌闲听两三声。

一曲溪边上钓船，幔亭峰影蘸晴川。
虹桥一断无消息，万壑千岩锁翠烟。

二曲亭亭玉女峰，插花临水为谁容。
道人不复阳台梦，兴入前山翠几重。

三曲君看架壑船，不知停棹几何年。
桑田海水今如许，泡沫风灯敢自怜。

四曲东西两石岩，岩花垂露碧㲯毶。
金鸡叫罢无人见，月满空山水满潭。

五曲山高云气深，长时烟雨暗平林。
林间有客无人识，欸乃声中万古心。

六曲苍屏绕碧湾，茅茨终日掩柴关。

客来倚棹岩花落，猿鸟不惊春意闲。

七曲移船上碧滩，隐屏仙掌更回看。
人言此处无佳景，只有石堂空翠寒。（此诗后二句，一本作“却怜昨夜峰头雨，添得飞泉几道寒”。）

八曲风烟势欲开，鼓楼岩下水萦洄。
莫言此处无佳景，自是游人不上来。

九曲将穷眼豁然，桑麻雨露见平川。
渔郎更觅桃源路，除是人间别有天。

刘子澄远寄羊裘且有怀仁辅义之语戏成两绝为谢以发千里一笑

短棹长蓑九曲滩，晚来闲弄钓鱼竿。
几回欲过前湾去，却怕斜风特地寒。

谁把羊裘与醉披，故人心事不相违。
狂奴今夜知何处，月冷风凄未肯归。

过盖竹作二首

二月春风特地寒，江楼独自倚栏干。

个中讵有行藏意，且把前峰细数看。

浩荡鸥盟久未寒，征骖聊此驻江干。
何时买得鱼船就，乞与人间画里看。

答袁机仲论启蒙

忽然半夜一声雷，万户千门次第开。
若识无心含有象，许君亲见伏羲来。

乙卯八月晦日浮翠亭次叔通韵

弱植有孤念，独住穷名山。那知岁月逝，白首尘埃间。
今朝定何朝，凭高睆清湾。群贤亦戾止，共此一日闲。
晤言不知疲，林昏鸟飞还。胜践可无纪，重来谅非艰。
留语岩上石，毋使门常关。

丙辰正月三日赠彭世昌归山

象山闻说是君开，云木参天瀑响雷。
好去山头且坚坐，等闲莫要下山来。

怀潭溪旧居

忆住潭溪四十年，好峰无数列窗前。
虽非水抱山环地，却是冬温夏冷天。
绕舍扶疏千个竹，傍崖寒冽一泓泉。
谁教失计东迁缪，惫卧西窗日满川。

南城吴氏社仓书楼为余写真如此因题其上庆元庚申二月八日沧洲病叟朱熹仲晦父

苍颜已是十年前，把镜回看一怅然。
履薄临深谅无几，且将余日付残编。

水口行舟二首

昨夜扁舟雨一蓑，满江风浪夜如何。
今朝试卷孤篷看，依旧青山绿树多。
郁郁层峦夹岸青，青山绿水去无声。
烟波一棹知何许，鹍鹈两山相对鸣。

秋　日

一雨生凉杜若洲，月波微漾绿溪流。
茅檐归去无尘土，淡薄闲花绕舍秋。

放船二首

浩荡清江水，依微绿树风。解维春雨外，弭棹夕阳中。
江草生新径，岩花点旧丛。诗翁不愁思，逸兴莽何穷。

畴昔清溪峡，船头戏彩翰。十年空往事，一梦记前滩。
陡绝垂苍壁，澄虚列翠峦。今宵诗卷里，重得纵遐观。（往年泛舟此峡，有水鸟数十翔集舟前，舟至辄起，若相导，十余里乃散。）

陈白沙别传

陈献章，字公甫，新会白沙里人。幼读《孟子》所谓“天民”，慨然曰：“为人必当如此！”正统十二年，举广东乡试。明年，会试中乙榜，入国子监读书。已至崇仁，受学于吴康斋。归即绝意科举，筑室静坐，不出阈外者数年。成化二年，复入太学，祭酒邢让试和杨龟山《此日不再得》诗，见其作，惊曰：“即龟山不如也。”飏言于朝，由是名动京师。罗一峰、章枫山、庄定山、贺医闾皆恨相见晚，医闾并禀学焉。归而门人益进。十八年，以荐召至京，阁臣尼之，疏乞终养而归。自后屡荐不起。弘治十三年卒，年七十三。其自序为学云：“仆年二十七，始发愤从吴聘君学。于古圣贤垂训之书，盖无所不讲，然未知入处。比归白沙，杜门不出，专求所以用力之方。既无师友指引，日靠书册寻之，忘寐忘食。如是者累年，而卒未有得。所谓未得，谓吾心与此理未有凑泊吻合处也。于是舍彼之繁，求吾之约，惟在静坐。久之，然后见吾此心之体，隐然呈露，常若有物，日用间种种应酬，随吾所欲，如马之御衔勒也。体认物理，稽诸圣训，各有头绪来历，如水之有源委也。于是涣然自信，曰：'作圣之功，其在兹乎！'"张东所叙其为学云："自见聘君归后，静坐一室，虽家人罕见其面。数年未之有得，于是迅扫夙习，或浩歌长林，或孤啸绝岛，或弄艇投竿于溪涯海曲。捐耳目，去心智，久之然后有得焉。盖主静而见大矣。由斯致力，迟迟至二十余年之久，乃大悟广大高明不离乎日用。一真万事，本自圆成，不假人力。无动静，无内外，大小精粗一以贯之。"稍后罗整庵有言："近世道学之昌，白沙不为无力；而学术之误，亦恐自白沙始。至无而动，至近而神，此白沙自得之妙也。彼徒见夫至神者，遂以为道在是矣，而深之不能极，几之不能研，其病在此。"盖整庵不满于阳明，因连带而及白沙。黄梨洲《明儒学案》极称白沙，谓："有明儒者，不失矩矱者亦多有之，而作圣之功，至先生而始明，至文成而始大。向使先生与文成不作，则濂、洛之精蕴，同之者固推见其至隐，异之者亦疏通其流别，未能如今日也。"又曰："先生之学，以虚为基本，以静为门户，以四方上下、往古来今穿纽凑合为匡郭，以日用常行分殊为功用。以勿忘勿助之间为体认之则，以未尝致力而应用不遗为实得。远之则为曾点，近之则为尧夫，此可无疑者也。或者谓其近禅，此庸人之论，不足辨也。"又曰："出白沙之门者，多清苦自立，不以富贵为意。其高风所激远矣。"其录师说则曰："先生证学诸语，大都说一段工夫，高妙处不容凑泊。盖先生识趣近濂溪，而穷理不逮；学术类康节，而受用太早。质之圣门，难免欲速见小之病。似禅非禅，不必论。”《四库提要》评其诗，曰：“其诗自《击壤集》中来，另为一格。王世贞谓‘其诗不入法，文不入体，而妙处有超出法与体之外者’，可谓兼尽其短长。”

白沙诗钞

五言古诗

答张内翰廷祥书括而成诗呈胡希仁提学

古人弃糟粕，糟粕非真传。眇哉一勺水，积累成大川。
亦有非积累，源泉自涓涓。至无有至动，至近至神焉。
发用兹不穷，缄藏极渊泉。吾能握其机，何必窥陈编。
学患不用心，用心滋牵缠。本虚形乃实，立本贵自然。
戒慎与恐惧，斯言未云偏。后儒不省事，差失毫厘间。
寄语了心人，素琴本无弦。

冬　夜

长夜气始凄，木绵被重裘。端坐思古人，寒灯耿攸攸。

是时病初间，背汗仍未收。学业坐妨夺，田芜废锄耰。
高堂有老亲，遍身无完绸。丈夫庇四海，而以俯仰忧。
口腹非所营，水菽吾当求。明旦理黄犊，进我南冈舟。

又

我从省事来，过失恒十九。喜怒朝屡迁，言为夕多苟。
平生昧慎独，即事甘掣肘。孔子万世师，天地共高厚。
颜渊称庶几，好学古未有。我才虽卤莽，服膺亦云久。
胡然弗自力，万化脱枢纽。颓颜无复少，此志还遂否。
岁月岂待人，光阴隙中走。念此不成眠，晨景灿东牖。

自策示诸生

贤圣久寂寞，《六籍》无光辉。元气五百年，一合又一离。
男儿生其间，独往安可辞。邈哉舜与颜，梦寐或见之。
其人天下法，其言万世师。顾予独何人，瞻望空尔为。
年驰力不与，抚镜叹以悲。岂不在一生，一生良迟迟。
今复不鞭策，虚浪死勿疑。请回白日驾，鲁阳戈正挥。

藤　蓑

一蓑费几藤，南冈砺朝斧。交加落翠蔓，制作类上古。

吾闻大泽滨，羊裘动世祖。何如六尺蓑，灭迹芦花渚。
举俗无与同，天随梦中语。今夜不须归，前溪正风雨。

新蓑藤叶青，旧蓑藤叶白。新故理则然，胡为浪忻戚。
扁舟西浦口，坐望南山石。东风吹新蓑，浩荡沧溟黑。
须臾月东上，万里天一碧。安得同心人，婆娑共今夕。

漫　题

日月逝不处，奄忽几华颠。华颠亦奚为，所希在寡愆。
韦编绝《周易》，锦囊韬虞弦。饥餐玉台霞，渴饮沧溟渊。
所以慰我情，无非畹与田。提携众雏上，啼笑高堂前。
此事如不乐，他尚何乐焉。东园集茅本，西岭烧松烟。
疾书澄心胸，散满天地间。聊以悦俄顷，焉知身后年。

和陶归田园

我始惭名羁，长揖归故山。故山樵采深，焉知世上年。
是名鸟抢榆，非曰龙潜渊。东篱采霜菊，西渚收菰田。
游目高原外，披怀深树间。禽鸟鸣我后，鹿豕游我前。
泠泠玉台风，漠漠圣池烟。闲持一觞酒，欢饮忘华颠。
逍遥复逍遥，白云如我闲。乘化以归尽，斯道古来然。

赠世卿

元神诚有宅，灏气亦有门。神气人所资，孰谓老氏言。
下化囿其迹，上化归其根。至要云在兹，自余安足论。

可以参两间，可以垂万世。圣人与人同，圣人与人异。
尧舜于舞雩，气象一而已。大者苟不存，翩翩竟奚取。
老夫尝用力，兹以告吾子。文字费精神，百凡可以止。
一落永不收，年光建瓴水。

游圭峰同世卿作

穷居无岁年，老梦得迂朽。永托山水间，东西事游走。
幽幽铁桥花，怅望未得手。杖屦聊此跻，微霜正疏柳。
敛襟欲无言，会意岂在酒。沧海当我前，昆仑卓我后。
但谈孔氏规，坐失微生亩。

示李孔脩近书

昔别秋未深，今来岁方晏。吾衰忘笔砚，月记诗半板。
或疑子美圣，未若陶潜淡。习气移性情，正坐闻道晚。
为我试读之，如君当具眼。

读张地曹偶拈之作

拈一不拈二，乾坤一为主。一番拈动来，日出扶桑树。
寂然都不拈，江河自流注。濂洛千载传，图书乃宗祖。
昭昭圣学篇，授我自然度。

晓　枕

天地无穷年，无穷吾亦在。独立无朋俦，谁为自然配。
春陵造物徒，斯人可神会。有如寿厓者，乃我之俦辈。
永结无情游，相期八纮外。

偶得寄东所

知暮则知朝，西风涨暮潮。千秋一何短，瞬息一何遥。
有物万象间，不随万象雕。举目如见之，何必穷扶摇。

登高未必高，老脚且平步。平步人不疑，东西任四顾。
岂无见在心，何必拟诸古。异体骨肉亲，有生皆我与。
失之万里途，得之咫尺许。得失在斯须，谁能别来去。
明日立秋来，人方思处暑。

龟山夜月

万古此龟山，万古此明月。
开帘望龟山，岱宗固无别。
但恐山多云，风吹乱人睫。

五言绝句

随　笔

人不能外事，事不能外理。二障佛所名，吾儒宁有此。
子美诗之圣，尧夫更别传。后来操翰者，二妙少能兼。

张克修见访

沧溟几万里，山泉未盈尺。
到海观会同，乾坤谁眼碧。

客乞题随时子轩

无雨笠且置，未晴蓑不舍。

蓑笠用不穷，我是随时者。

赠张頀湛雨

君若问鸢鱼，鸢鱼体本虚。
我拈言外意，《六籍》也无书。

度危桥

事至绝安排，放脚踏高崖。
如何谢上蔡，旦旦习危阶。

六言绝句

漫　兴

风洒数茎白雪，月临一丈青筇。
余事归诗卷里，残年放酒杯中。

景斜瓦碗方食，日宴柴门未开。
五柳前身处士，一瓢今日颜回。

七言绝句

伍光宇卜室白沙为读书之所

君此卜居君亦足，空村无人山多木。
参差芭蕉丽晨旭，新叶新心递相续。

竞晨登登闻隔竹，东邻老人事幽卜。
甆瓯瓦盆不供俗，我不到门此翁独。

溪桥晚立示诸郎

溪边明月扫不去，竹下清风时一呼。
天与乃公供打睡，莫安桥板引樵渔。

歇马大径山

数家烟火隔林塘，一树寒花晚自香。
黄叶冢头聊歇马，鹧鸪声里近斜阳。

次韵赵提学见寄

蒿莱封径不腰镰，长夏山斋睡正甜。
风送歌声满天地，惊回残梦雨廉纤。

次韵陈冷庵佥宪见寄

五十四年居海滨，偷将水月洗心尘。
今朝偶得西江使，溟海犹堪把赠人。

题林良为朱都宪诚庵先生写林塘春晓图

烟飞水宿自成群，物性何尝不似人。
得意乾坤任上下，东风醉杀野塘春。

赠周成

虚无里面昭昭应，影响前头步步迷。
说到鸢飞鱼跃处，绝无人力有天机。

九日木犀未开

野径香沉舞蝶稀，柴门树老着花迟。
含章此日无穷意，只有阶前拄杖知。

梅　花

老树眠江水啮之，茫茫水月浸花枝。
暗香卷入沧溟去，不是渔翁那得知。

梅花如雪拥溪扉，渔父村南负酒归。
纵饮不知花落去，酒醒船上见花稀。

日日花边唤酒船，梅花开处酒家眠。
青山一片无人买，谁与先生办酒钱。

樵客入林闻曙鸦，梅梢残月暗溪沙。
沿溪路尽无人到，更说林逋住处赊。

读周朱二先生年谱

千年几见南康守，叹息人间两谱开。

但使乾坤留一绪，圣贤去后圣贤来。

一语不遗无极老，千年无倦考亭翁。
语道则同门路别，君从何处觅高踪。

半江十咏为谢德明赋

独速溪边舞短蓑，月明醉影共婆娑。
手中握得桐江线，钓破江天不要多。

水面烟浓白鸟低，数峰青锁夕阳西。
隔波莫是仙源否，恰到波心路已迷。

隔波晴色袅孤烟，万树桃花锦一川。
夜半天风吹海立，探花人在半江船。

赛兰花开

曲栏砌下少人窥，戏蝶游蜂忽满枝。
君欲寻花须早计，只今犹是未开时。

次韵南山送蜜

处处山花好蜜房，烟缊岩壑为谁香。
相思道远无由寄，此味年来只独尝。

舫　子

此身天地一虚舟，何处江山不自由。
六十一来南海上，买船吹笛共儿谋。

喜　晴

西林收雨鹁鸠灵，卷被开窗对晓晴。
风日醉花花醉鸟，竹门啼过两三声。

怀胡大参希仁

鲁连谢去都无事，范蠡归来未了心。
三十余年穷学道，而今方识古人深。

炒蚬忆世卿

奴拾枯枝给早炊，铛中风味此奴知。
春风解忆江门否，正是江门蚬贱时。

阅周溪图作赠刘景林归呈尊甫翁肃庵程乡令

太极无阶不可跻，却从楼上望周溪。（周溪书院在太极之南，旁夹两楼。）
天泉（井名，在书院两旁。）十丈无人汲，
云谷（亭名，在太极之东崦。）老翁来杖藜。
月色溪光荡两楹，酒醒开眼得蓬瀛。
试问老仙谁接引，春陵云谷两先生。

村　晚

渔笛狂吹失旧腔，采菱日暮斗歌长。
老夫独面东溟坐，月上孤琴未解囊。

次韵苏伯诚吉士

我浴江门点浴沂，藤蓑自样制春衣。
寻常只着藤蓑去，细雨斜风钓不归。

赠画师

高枕松根不记秋，秋来春去几时休。
山中此梦公能画，我有黄金赠一舟。

睡　起

天地蜉蝣共始终，十年痴卧一无穷。
道人试画无穷看，月在西岩日在东。

宿云卧轩

了无意绪向诸缘，到处茅椒可借眠。
白日与人同在梦，不应疑我是神仙。

送薛廉宪江门

江上看云独送君，庐山云亦华山云。
解衣半饷云中坐，才出云来路又分。

代简奉寄饶平丘明府

何处思君独举杯，江门薄暮钓船回。
风吹不尽寒蓑月，影过松梢十丈来。

和林子逢至白沙

一样春风几样花，乾坤分付各生涯。
如今着我沧江上，只有秋香扑钓槎。

即　事

照眼春光烂不收，江亭一雨欲成秋。
道人不是闲莺蝶，肯为阴晴一日愁。

偶得示诸生

江云欲变三秋色，江雨初交十日秋。
凉夜一蓑摇艇去，满身明月大江流。

和答王佥宪乐用

静处春生动处春，一家春化万家春。
公今料理春来处，便是乾坤造化人。

春王正月众家春，望柳寻花我自春。
先生欲学程明道，莫厌寻花傍柳人。

一物春知物物春，一年春亦万年春。
总在乾坤形气内，敢诬当世谓无人。

寒江独钓

我道非空亦非小，万事舍旃终未了。
朔风吹雪满江天，我只弄我桐江钓。

偶　得

《白雪》《阳春》谁会弹，莫愁天下赏音难。
江门夜半看明月，想到朱陵青玉坛。

朱陵我居青玉坛，五岳虽雄无此山。

钟期老仙还未还，《高山》《流水》我须弹。

江门钓濑与湛民泽收管

皇王帝伯都归尽，雪月风花未了吟。
莫道金针不传与，江门风月钓台深。

与湛民泽

六经尽在虚无里，万理都归感应中。
若向此边参得透，始知吾学是《中庸》。

次韵张廷实读伊洛渊源录

往古来今几圣贤，都从心上契心传。
孟子聪明还孟子，谁今且莫信人言。

晓　枕

圣贤都从一上来，时止时行道与偕。
若使舂陵为孟子，光风霁月更襟怀。

枕上谩笔

正翕眼时元活活，到敷散处自乾乾。
谁会五行真动静，万古周流本自然。

观　物

一痕春水一条烟，化化生生各自然。
七尺形躯非我有，两间寒暑任推迁。

五言律诗

登陶公壮哉亭是夕范生小酌

日月双轮转，乾坤一气旋。是时冬始闰，细雨夜如年。
人语斜风外，天机落叶边。凭谁给灯火，更坐读残编。

怀古次韵王半山

三径五株柳，孤村独板门。先生正高卧，众鸟莫交喧。
晋宋当时改，乾坤此老存。手中一把菊，秋色满丘园。

南归寄乡旧

居士旧茅斋，萧然倚玉台。独寻寺里去，每到日西回。
鱼跃水萍破，风推岩户开。小桥残板在，长讶有人来。

省事除烦恼，端居养静虚。栽花终恨少，饮酒不留余。
山径儿吹笛，村田妇把锄。殷勤谢闾里，胜事莫相疏。

碧草东西埭，黄鹂远近山。岩春花气足，檐日鸟声闲。
文字虚堆几，园林不设关。一条烟际路，朝往暮来还。

寄太虚上人

太虚石洞居，孤绝少人依。远客携琴至，逢师乞食归。
一蒲青草上，四面白云飞。尽日无言说，岩花落满衣。

春日书事

开年今日雨，疏柳小塘春。紫燕将归社，黄鹂欲唤人。
未明事南亩，选日聘西宾。元亮朝朝醉，江村白酒新。

春日江村

时候花先觉，阴晴鸟自知。登山嫌避客，得句乐告儿。
蔓草披香径，垂杨覆浅漪。美人期未至，江月几盈亏。

春日醉中言怀

古人不可见，空见古人心。春风开我戋，流水到谁琴。
无说可传后，何才敢议今。玉台花信少，扶杖更西林。

重过大忠祠

宋有中流柱，三人吾所钦。青山遗此庙，终古厌人心。
月到崖门白，神游海雾深。兴亡谁复道，猿鸟莫哀吟。

赠黎萧二生别

白发孤灯坐，青春二妙来。若无天度量，争得圣胚胎。
至乐终难说，真知不着猜。濛濛烟雨里，归思若为裁。

梅　花

世传咏梅句，天下共称奇。花有无言妙，人间都未知。
正嗟同赏绝，又过半开时。安得邵康节，为我问庖牺。

风月交游淡，江山几席闲。夜深花睡去，时有梦来还。
引步寻香易，无心弄影难。乾坤留此妙，何处觅孤山。

寄吴明府同世卿游玉台

圭峰雨初霁，策马向松关。流泉忽满涧，白云长在山。
弃置千般事，来投半日闲。上方禅榻静，坐到暮钟还。

再次写怀

孤形将影住，一臂与谁交。矫矫志欲竞，栖栖习恐浇。
江山一得手，风月尽归瓢。始觉逍遥外，人间未易招。

春日偶成

竞长家家柳，齐开阵阵花。春添新富贵，人老旧烟霞。
欹枕黄鹂近，开窗白鸟斜。草玄无意绪，呼酒对侯巴。

七言律诗

宿榄山书屋

一片荷衣也盖身，闭窗眠者乃何人。
江山雨里同歌啸，今古人间几屈伸。
长与白云为洞主，自栽香树作斋邻。
山中甲子无人记，一度花开一度春。

辛丑元旦戏笔

酒杯不与年颜老，诗思还随物候新。
分外不加毫末事，意中长满十分春。
栖栖竹几眠看客，处处桃符写似人。
却除东风花鸟句，更将何事答洪钧。

六十一自寿

孤子今来六十一，慈亲已过八旬三。
旌书门外题新榜，拭泪床头换旧衫。
少有菑畲供俯仰，不妨渔钓老东南。

些儿别作长生计，岩畔丹书有两函。

种　树

早雨山泥滑屐牙，瘦藤扶路入云斜。
东原绿暎西原白，一径松连两径花。
寒夜试看残月挂，春风须着短墙遮。
江门亦是东门地，我独胡为不种瓜。

长日山斋不弄棋，只凭种树遣衰迟。
小将梅径分枳壳，不怕松根夺荔枝。
带雨烟光春淡泊，隔墙花影昼离披。
等闲俗计休相聒，拄杖来看又有诗。

雨中偶述效康节

江门何处遣诗怀，风雨终朝闭小斋。
同社客来休见问，卧家人懒不安排。
烟浮石几香全妙，露滴金盘酒极佳。
半醒半醉歌此曲，不妨余事略诙谐。

今雨还留旧雨毡，满襟凉气似秋天。
偶因门外无来客，得向山中作睡仙。

樽俎喜欢朝暮醉，莺花撩乱两三联。
只消诗酒为坚垒，肯放闲愁入暮年。

山房四月紫棉衣，无奈连朝雨欲欺。
老去杖藜终稳便，朝来花酒又淋漓。
昔贤曾共骷髅语，今日宁求俗子知。
莫笑狂夫无著述，等闲拈弄尽吾诗。

次韵见访

春晓不扃岩上扉，绕阑红紫欲开时。
花来劝饮谁禁得，天不能歌人代之。
沧海汇为双带绕，青山高起百重围。
赤坭居士来相访，袖取云笙月下吹。

饮　酒

酌酒劝公公自歌，三杯无奈老狂何。
坐忘碧玉今何世，舞破春风是此蓑。
一笑功名卑管晏，六经仁义沛江河。
江门诗景年年是，每到春来诗便多。

次韵庄定山谒孔庙

六经如日朝出东，夫子之教百代崇。
揆之千圣无不合，施之万事无不中。
水南新抽桃叶碧，山北亦放桃花红。
乾坤生意每如是，万古不息谁为功。

次韵廷实示学者

树倒藤枯始一扶，诸贤为计得无粗。
阅穷载籍终无补，坐老蒲团亦是枯。
定性未能忘外物，求心依旧落迷途。
弄丸我爱张东所，只学尧夫也不孤。

追次康节先生小圃逢春之作

时物纷纭共斗妍，好春多在语莺边。
傍花随柳我寻句，剩水残山天赐年。
竹径旁通沽酒市，桃花乱点钓鱼船。
而今我是孙思邈，自古高人方又圆。

留别诸友

台书春晚下渔矶，中岁行藏与愿违。
鸥鹭自来还自去，江山疑是又疑非。
难将寸草酬萱草，且着鹑衣拜衮衣。
但得圣恩怜老母，满船明月是归时。

古风歌行

赠陈冕

南有沧溟水，北有昆仑山。
我屋正在溪山间，瞻望不远行实难。
白云朝暮常漫漫，桃花欲开梅又残。
问君此去何时还。

钓鱼效张志和体

红蕖风起白鸥飞，大网拦江鱼正肥。
微雨过，又斜晖。村北村南买醉归。

题梁先生芸阁

圣人与天本无作，六经之言天注脚。
百氏区区赘疣若，汗牛充栋故可削。
世人闻见多尚博，恨不堆书等山岳。
舍东丈人号芸阁，高坐松根自鸣铎。
抠趋童子慎唯诺，口授心传为小学。
《孝经》《论语》时参错，子史平生尽拈却。
寄以斯名聊自谑，讲下诸郎颇淳朴。谁敢作嘲侮先觉。
读书不为章句缚，千卷万卷皆糟粕。
野鸟昼啼山花落。舍西先生睡方着。

示诸生

江门洗足上庐山，放脚一踏云霞穿。
大行不加穷亦全，尧舜与我都自然。
大者便问跃与潜，守身当以藩篱先。
世间膏火来熬煎，市朝名利相喧填。
百年光景空留连，丈夫事业何由宣。
昔者绿鬓今华颠，呜呼老去谁之愆。

按：以上据《四部丛刊》本钞，以下由《四库全书》本补钞。

和杨龟山此日不再得韵

能饥谋艺稷，冒寒思植桑。少年负奇气，万丈磨青苍。
梦寐见古人，慨然悲流光。吾道有宗主，千秋朱紫阳。
说敬不离口，示我入德方。义利分两途，析之极毫芒。
圣学信匪难，要在用心臧。善端日培养，庶免物欲戕。
道德乃膏腴，文辞固秕糠。俯仰天地间，此身何昂藏。
胡能追轶驾，但能漱余芳。持此木钻柔，其如盘石刚。
中夜揽衣起，沉吟独彷徨。圣途万里余，发短心苦长。
及此岁未暮，驱车适康庄。行远必自迩，育德贵含章。
迩来十六载，灭迹声利场。闭门事探讨，蜕俗如驱羊。
隐几一室内，兀兀同坐忘。那知颠沛中，此志竟莫强。
譬如济巨川，中道夺我航。顾兹一身小，所系乃纲常。
枢纽在方寸，操舍决存亡。胡为谩役役，斲丧良可伤。
愿言各努力，大海终回狂。

送李世卿还嘉鱼

富贵何欣欣，贫贱何戚戚。一为利所驱，至死不得息。
夫君坐超此，俗眼多未识。勿以圣自居，昭昭谨形迹。

在物有常性，水湿而火燥。在人无常情，所恶变所好。昨日见其恭，今日见其傲。蔓草轻芝兰，清源亦黄潦。世情每如斯，聊为行者告。

六　言

柳渡一帆秋月，江门几树春云，
来往一时意思，江山万古精神。

梅月用庄定山韵

四时万物无非教，人傍梅花月傍轩。
若道不关梅月事，宣尼何事欲无言。

溪上梅花月一痕，乾坤到此见天根。
谁道南枝独开早，一枝自有一乾坤。

示　儿

圣心太极一明蟾，影落千江个个圆。
五十年来如梦觉，临歧更出示儿篇。

读近思录

杨墨偏高子莫疑，孟轲精一古心期。
日长对卷无人到，风雨巡檐一咏诗。

《大学》《西铭》迤逦摊，从前只假半年闲。
谁家绣得鸳鸯谱，不惜金针度世间。

次韵胡提学访榄山

斜风细雨绿蓑衣，江上人家半掩扉。
莫向天涯歌独醒，白头渔父笑人非。

梦曾皙

倾盖宁知是梦中，绝尘标致却春风。
千秋此意吾能说，不与由求面目同。

读韦苏州诗

夜雨斋灯卷未收，清谣白首对苏州。
晦翁两眼沧浪碧，也为先生一点头。

五言夙昔慕陶韦，句外留心晚尚痴。
敢为尧夫添注脚，自从删后更无诗。

次韵仁夫潮连寨见寄

今古相望日已赊，包羲已上孰名家。
不识乾坤真易简，借人门户甚抟沙。

得到鸢飞鱼跃处，正当随柳傍花时。
今人不见程明道，只把《中庸》属子思。

田夜读　田，白沙孙也。

扫突炊秔及早鸦，东皋时有未芸瓜。
田家乐事如翁少，男恋诗书女恋麻。

病中咏梅

何处花堪忆，江门水背过。满身都着月，一片未随波。
高倚松为盖，清连竹作窝。白鸥衔不去，飞入钓鱼蓑。

戒懒文

大舜为善鸡鸣起，周公一饭凡三止。
仲尼不寝终夜思，圣贤事业勤而已。
昔闻凿壁有匡衡，又闻车胤能囊萤。
韩愈焚膏孙映雪，未闻懒者留其名。
尔懒岂自知，待我详言之。
官懒吏曹欺，将懒士卒离。
母懒儿号寒，夫懒妻啼饥。
猫懒鼠不走，犬懒盗不疑。
细看万事乾坤内，只有懒字最为害。
诸弟子，听训诲。日就月将莫懈怠。
举笔从头写一篇，贴向座右为警戒。

王阳明别传

王守仁，字伯安，浙之余姚人。其父徙居山阴。先生尝筑室城东南二十里之阳明洞，学静坐，学者称之为阳明先生。十一岁，随父在京师，尝问塾师曰："何为第一等事？"塾师曰："惟读书登第耳。"先生曰："登第恐未为一等事，或读书学圣贤耳。"十七岁，在越，始婚，亲迎于江西之洪都。偶闲行入铁柱宫，遇道士趺坐，叩之，遂与对坐，忘为合卺日，次早始还。十八岁，偕夫人归越。舟至广信，谒娄谅一斋，闻宋儒"格物"之说，始慕圣学。二十一岁，举乡试。侍父京师。格庭前竹子，沉思其理不得，遂遇疾，自委圣贤有分，乃转学辞章。二十六岁，边报甚急，又学兵法。二十七岁，偶一日读朱子上宋光宗疏，有曰："居敬持志，为读书之本；循序致精，为读书之法。"乃悔前日探讨之博，欲求循序，冀于渐渍浃洽。沉郁既久，旧疾复作。闻道士谈养生，乃有遗世入山之意。二十八岁，举进士。三十一岁，告病归越，筑室阳明洞，行导引术，能先知。

久之悟曰："此簸弄精神，非道也。"又屏之。静久，思离世远去，惟念祖母与父，忽悟曰："此念生于孩提，若可去，是断灭种性矣。"明年，遂移疾西湖，复思用世。三十三岁，在京师，主考山东乡试。三十四岁，专志授徒讲学，群目为立异好名。惟湛若水甘泉，一见定交，共以倡明圣学为事。三十五岁，上封事，忤刘瑾，廷杖四十，谪贵州龙场驿驿丞。妹婿徐爱，因先生将赴龙场，纳贽北面。三十七岁，春，至龙场，在贵州西北万山丛棘中，夷人鴃舌，可通语者，皆中土亡命。自计得失荣辱皆能超脱，惟生死一念未化，乃为石椁，自誓俟命。从者皆病，自析薪取水作糜饲之。又调越曲，杂诙笑以悦之。因念："圣人处此，更有何道？"忽中夜大悟，不觉呼跃。因著《五经臆说》。久之，构龙冈书院。三十八岁，贵州提学副使席书聘主贵阳书院，始论"知行合一"。三十九岁，以升庐陵县知县得归。嗣后辗转两京。四十二岁，在越。四十三岁，在滁。四十六岁，以巡抚至赣，历平漳寇，以及横水、桶冈诸寇。四十七岁，续平大帽、浰头诸寇。门人薛侃始刻《传习录》首卷。四十八岁，平宸濠之变。五十岁，归在越。五十三岁，门人日进。南大吉续刻《传习录》第二卷。五十六岁，奉朝命征思、田，五十七岁，思、田平。又破八寨、断藤峡诸贼。归途卒于南安。嘉靖三十五年丙辰，门人钱德洪又为刻行《传习录》一卷，合前刻共三卷，上距阳明之卒已二十八年矣。阳明之学，祖陆抑朱，后之言理学者，遂有"程朱理学"、"陆王心学"之分。黄梨洲《明儒学案》论之曰："或以释氏本心，颇近于心学，不知儒释界限只一‘理’字。释氏于天地万物之理，一切置之度外，而止守此‘明觉’。世儒则不恃此明觉，而求理于天地万物之间。向外求理，终是无源之水，无根之木。纵使合得本体上，已费转手。故沿门乞火，与合眼见暗相去不远。点出心之所以为心，不在明觉而在天理，金镜已坠而复收。遂使儒释疆界，渺若山河。此有目者所共睹也。”窃谓天地万物自然之理，理在物，然非心则不明不觉。人文伦理之理则在心，然非物亦不完不备。梨洲谓“心”不在“明觉”而在“天理”，此因罗整庵辨陆王知“心”不知“性”，故变其说以为弥缝耳；非合内外泯本末之说也。然阳明“致良知”之教，要为简易切近，真如象山所谓“纵使不识一字，亦将堂堂地做一人”。此皆理学中豪杰之士，所持论亦千古不磨。若遂以为异端外道，此则门户之见，不待深辨。其诗录分《归越诗》、《山东诗》、《京师诗》、《狱中诗》、《赴谪诗》、《居夷诗》、《庐陵诗》、《京师诗》、《归越诗》、《滁州诗》、《南都诗》、《赣州诗》、《江西诗》、《居越诗》、《两广诗》诸编，极为明析。读者与年谱、文编参互合读，可见阳明讲学之始终。然后再读《传习录》，自可得若网在纲之乐。

阳明诗钞

归越诗 弘治壬戌年以刑部主事告病归越并楚游作

游牛峰寺

萦纡鸟道入云松，下数湖南百二峰。
岩犬吠人时出树，山僧迎客自鸣钟。
凌飙陟险真扶病，异日探奇是旧踪。
欲扣灵关问丹诀，春风萝薜隔重重。

山东诗　弘治甲子年起复主试山东时作

登泰山

天门何崔嵬，下见青云浮。泱漭绝人世，迥豁高天秋。
暝色从地起，夜宿天上楼。天鸡鸣半夜，日出东海头。
隐约蓬壶树，缥缈扶桑洲。浩歌落青冥，遗响入沧流。
唐虞变楚汉，灭没如风沤。藐矣鹤山仙，秦皇岂堪求。
金砂费日月，颓颜竟难留。吾意在庞古，泠然驭凉飔。
相期广成子，太虚显遨游。枯槁向岩谷，黄绮不足俦。

京师诗　弘治乙丑年改除兵部主事时作

忆龙泉山

我爱龙泉寺，寺僧颇疏野。尽日坐井栏，有时卧松下。
一夕别山云，三年走车马。愧杀岩下泉，朝夕自清泻。

狱中诗　正德丙寅年十二月以上疏忤逆瑾下锦衣狱作

读　易

囚居亦何事，省愆惧安饱。瞑坐玩羲《易》，洗心见微奥。
乃知先天翁，画画有至教。包蒙戒为寇，童牿事宜早。
蹇蹇匪为节，虩虩未违道。《遁》四获我心，《蛊》上庸自保。
俛仰天地间，触目俱浩浩。箪瓢有余乐，此意良匪矫。
幽哉阳明麓，可以忘吾老。

赴谪诗　正德丁卯年赴谪贵阳龙场驿作

阳明子之南也其友湛元明歌九章以赠崔子钟和之以五诗于是阳明子作八咏以答之　录三四五六七

洙泗流浸微，伊洛仅如线。后来三四公，瑕瑜未相掩。
嗟予不量力，跛鳖期致远。屡兴还屡仆，惴息几不免。
道逢同心人，秉节倡予敢。力争毫厘间，万里或可勉。
风波忽相失，言之泪徒泫。

此心还此理，宁论己与人。千古一嘘吸，谁为叹离群。

浩浩天地内，何物非同春。相思辄奋励，无为俗所分。
但使心无间，万里如相亲。不见宴游交，征逐胥以沦。

器道不可离，二之即非性。孔圣欲无言，下学从泛应。
君子勤小物，蕴蓄乃成行。我诵穷索篇，于子既闻命。
如何圜中士，空谷以为静。

静虚非虚寂，中有未发中。中有亦何有，无之即成空。
无欲见真体，忘助皆非功。至哉玄化机，非子孰与穷。

忆与美人别，赠我青琅函。受之不敢发，焚香始开槭。
讽诵意弥远，期我濂洛间。道远恐莫致，庶几终不惭。

忆昔答乔白岩因寄储柴墟

忆昔与君约，玩《易》探玄微。君行赴西岳，经年始来归。
方将事穷索，忽复当远辞。相去万里余，后会安可期。
问我长生诀，惑也吾谁欺。盈亏消息间，至哉天地机。
圣狂天渊隔，失得分毫厘。

毫厘何所辩，惟在公与私。公私何所辩，天动与人为。
遗体岂不贵，践形乃无亏。愿君崇德性，问学刊支离。
无为气所役，毋为物所疑。恬淡自无欲，精专绝交驰。

博弈亦何事，好之甘若饴。吟咏有性情，丧志非所宜。
非君爱忠告，斯语容见嗤。试问柴墟子，吾言亦何如。

梦与抑之昆季语湛崔皆在焉觉而有感因纪以诗

起坐忆所梦，默溯犹历历。初谈自有形，继论入无极。
无极生往来，往来万化出。万化无停机，往来何时息。
来者胡为信，往者胡为屈。微哉屈信间，子午当其屈。
非子尽精微，此理谁与测。何当衡庐间，相携玩羲《易》。

忆　别

忆别江干风雪阴，艰难岁月两侵寻。
重看骨肉情何限，况复斯文约旧深。
贤圣可期先立志，尘凡未脱谩言心。
移家便住烟霞壑，绿水青山长对吟。

泛　海

险夷原不滞胸中，何异浮云过太空。
夜静海涛三万里，月明飞锡下天风。

杂诗三首

危栈断我前，猛虎尾我后。倒崖落我左，绝壑临我右。
我足复荆榛，雨雪更纷骤。邈然思古人，无闷聊自有。
无闷虽足珍，警惕忘尔守。君观真宰意，匪薄亦良厚。

青山清我目，流水静我耳。琴瑟在我御，经书满我几。
措足践坦道，悦心有妙理。顽冥非所惩，贤达何靡靡。
乾乾怀往训，敢忘惜分晷。悠哉天地内，不知老将至。

羊肠亦坦道，太虚何阴晴。灯窗玩古《易》，欣然获我情。
起舞还再拜，圣训垂明明。拜舞讵逾节，顿忘乐所形。
敛衽复端坐，玄思窥沉溟。寒根固生意，息灰抱阳精。
冲漠际无极，列宿罗青冥。夜深向晦息，始闻风雨声。

萍乡道中谒濂溪祠

木偶相沿恐未真，清辉亦复凛衣巾。
簿书曾屑乘田吏，俎豆犹存畏垒民。
碧水苍山俱过化，光风霁月自传神。
千年私淑心丧后，下拜春祠荐渚蘋。

醴陵道中风雨夜宿泗州寺次韵

风雨偏从险道尝，深泥没马陷车箱。
虚传鸟路通巴蜀，岂必羊肠在太行。
远渡渐看连瞑色，晚霞会喜见朝阳。
水南昏黑投僧寺，还理羲编坐夜长。

长沙答周生

旅倦憩江观，病齿废谈诵。之子特相求，礼殚意弥重。
自言绝学余，有志莫与共。手持一编书，披历见肝衷。
近希小范踪，远为贾生恸。兵符及射艺，方技靡不综。
我方惩创后，见之色亦动。子诚仁者心，所言亦屡中。
愿子且求志，蕴蓄事涵泳。孔圣固遑遑，与点乐归咏。
回也王佐才，闭户避邻哄。知子信美才，大构中梁栋。
未当匠石求，滋殖务培壅。愧子勤绻意，何以相规讽。
养心在寡欲，操存舍即纵。岳麓何森森，遗址自南宋。
江山足游息，贤迹尚堪踵。何当谢病来，士气多沉勇。

涉湘于迈岳麓是遵仰止先哲因怀友生丽泽兴感伐木寄言二首

客行长沙道，山川郁稠缪。西探指岳麓，凌晨渡湘流。
逾冈复陟巘，吊古还寻幽。林壑有余采，昔贤此藏修。
我来实仰止，匪伊事盘游。衡云闲晓望，洞野浮春洲。
怀我二三友，《伐木》增离忧。何当此来聚，道谊日相求。

林间憩白石，好风亦时来。春阳熙百物，欣然得予怀。
缅思两夫子，此地得徘徊。当年靡童冠，旷代登堂阶。
高情讵今昔，物色遗吾侪。顾谓二三子，取瑟为我谐。
我弹尔为歌，尔舞我与偕。吾道有至乐，富贵真浮埃。
若时乘大化，勿愧点与回。陟冈采松柏，将以遗所思。
勿采松柏枝，两贤昔所依。缘峰践台石，将以望所期。
勿践台上石，两贤昔所跻。两贤去邈矣，我友何相违。
吾斯未能信，役役空尔疲。胡不此簪盍，丽泽相遨嬉。
渴饮松下泉，饥餐石上芝。偃仰绝余念，迁客难久稽。
洞庭春浪阔，浮云隔九疑。江洲满芳草，目极令人悲。
已矣从此去，奚必兹山为。恋系乃从欲，安士惟随时。
晚闻冀有得，此外吾何知。

居夷诗

初至龙场无所止结草庵居之

草庵不及肩，旅倦体方适。开棘自成篱，土阶漫无级。
迎风亦潇疏，漏雨易补缉。灵濑响朝湍，深林凝暮色。
群獠环聚讯，语庞意颇质。鹿豕且同游，兹类犹人属。
污樽映瓦豆，尽醉不知夕。缅怀黄唐化，略称茅茨迹。

始得东洞遂改为阳明小洞天三首

古洞闷荒僻，虚设疑相待。披莱历风磴，移居快幽垲。
营炊就岩窦，放榻依石垒。穹窒旋薰塞，夷坎仍洒扫。
卷帙漫堆列，樽壶动光彩。夷居信何陋，恬淡意方在。
岂不桑梓怀，素位聊无悔。

童仆自相语，洞居颇不恶。人力免结构，天巧谢雕凿。
清泉傍厨落，翠雾还成幕。我辈日嬉偃，主人自愉乐。
虽无棨戟荣，且远尘嚣聒。但恐霜雪凝，云深衣絮薄。

我闻莞尔笑，周虑愧尔言。上古处巢窟，抔饮皆污樽。
冱极阳内伏，石穴多冬暄。豹隐文始泽，龙蛰身乃存。

岂无数尺穰，轻裘吾不温。邈矣箪瓢子，此心期与论。

谪居粮绝请学于农将田南山永言寄怀

谪居屡在陈，从者有愠见。山荒聊可田，钱镈还易办。
夷俗多火耕，仿习亦颇便。及兹春未深，数亩犹足佃。
岂徒实口腹，且以理荒宴。遗穗及鸟雀，贫寡发余羡。
出耒在明晨，山寒易霜霰。

观　稼

下田既宜稌，高田亦宜稷。种蔬须土疏，种蓣须土湿。
寒多不实秀，暑多有螟螣。去草不厌频，耘禾不厌密。
物理既可玩，化机还默识。即是参赞功，毋为轻稼穑。

龙冈新构

诸夷以予穴居颇阴湿，请构小庐，欣然趋事，不月而成。诸生闻之，亦皆来集，请名龙冈书院，其轩曰何陋。

谪居聊假息，荒秽亦须治。凿巘薙林条，小构自成趣。
开窗入远峰，架扉出深树。墟寨俯逶迤，竹木互蒙翳。

畦蔬稍溉锄，花药颇杂莳。宴适岂专予，来者得同憩。
轮奂非致美，毋令易倾敝。

营茅乘田隙，洽旬始苟完。初心待风雨，落成还美观。
锄荒既开径，拓樊亦理园。低檐避松偃，疏土行竹根。
勿翦墙下棘，束列因可藩。莫撷林间萝，蒙笼覆云轩。
素缺农圃学，因兹得深论。毋为轻鄙事，吾道固斯存。

诸生来

简滞动罹咎，废幽得幸免。夷居虽异俗，野朴意所眷。
思亲独疚心，疾忧庸自遣。门生颇群集，樽斝亦时展。
讲习性所乐，记问复怀靦。林行或沿涧，洞游还陟巘。
月榭坐鸣琴，云窗卧披卷。澹泊生道真，旷达匪荒宴。
岂必鹿门栖，自得乃高践。

西　园

方园不盈亩，蔬卉颇成列。分溪分瓮灌，补篱防豕蹢。
芜草稍焚薙，清雨夜来歇。濯濯新叶敷，荧荧夜花发。
放锄息重阴，旧书漫披阅。倦枕竹下石，醒望松间月。
起来步闲谣，晚酌檐下设。尽醉即草铺，忘与邻翁别。

诸生夜坐

谪居澹虚寂，眇然怀同游。日入山气夕，孤亭俯平畴。
草际见数骑，取径如相求。渐近识颜面，隔树停鸣驺。
投辔雁鹜进，携榼各有羞。分席夜堂坐，绛蜡清樽浮。
鸣琴复散帙，壶矢交觥筹。夜弄溪上月，晓陟林间丘。
村翁或招饮，洞客偕探幽。讲习有真乐，谈笑无俗流。
缅怀风沂兴，千载相为谋。

诸　生

人生多离别，佳会难再遇。如何百里来，三宿便辞去。
有琴不肯弹，有酒不肯御。远陟见深情，宁予有弗顾。
洞云还自栖，溪月谁同步。不念南寺时，寒江雪将暮。
不记西园日，桃花夹川路。相去倏几月，秋风落高树。
富贵犹尘沙，浮名亦飞絮。嗟我二三子，吾道有真趣。
胡不携书来，茆堂好同住。

采　薪

朝采山上荆，暮采谷中栗。深谷多凄风，霜露沾衣湿。
采薪勿辞辛，昨来断薪拾。晚归阴壑底，抱瓮还自汲。

薪水良独劳，不愧食吾力。

龙冈漫兴

路僻官卑病益闲，空林惟听鸟间关。
地无医药凭书卷，身处蛮夷亦故山。
用世谩怀伊尹耻，思家独切老莱斑。
梦魂兼喜无余事，只在耶溪舜水湾。

老　桧

老桧斜生古驿傍，客来系马解衣裳。
托根非所还怜汝，直干不挠终异常。
风雪凛然存节概，刮摩聊尔见文章。
何当移植山林下，偃蹇从渠拂汉苍。

元　夕

故园今夕是元宵，独向蛮村坐寂寥。
赖有遗经堪作伴，喜无车马过相邀。
春还草阁梅先动，月满虚庭雪未消。
堂上花灯诸弟集，重闱应念一身遥。

观傀儡次韵

处处相逢是戏场，何须傀儡夜登堂。
繁华过眼三更促，名利牵人一线长。
稚子自应争诧说，矮人亦复浪悲伤。
本来面目还谁识，且向樽前学楚狂。

春日花间偶集示门生

闲来聊与二三子，单夹初成行暮春。
改课讲题非我事，研几悟道是何人。
阶前细草雨还碧，檐下小桃晴更新。
坐起咏歌俱实学，毫厘须遣认教真。

舟中除夕

远客天涯又岁除，孤航随处亦吾庐。
也知世上风波满，还恋山中木石居。
事业无心从齿发，亲交多难绝音书。
江湖未就新春计，夜半樵歌忽起予。

再过濂溪祠用前韵

曾向图书识面真，半生长自愧儒巾。
斯文久已无先觉，圣世今应有逸民，
一自支离乖学术，竞将雕刻费精神。
瞻依多少高山意，水漫莲池长绿蘋。

京师诗 正德庚午年十月升南京刑部主事辛未年入觐调北京吏部主事作

别方叔贤

自是孤云天际浮，箧中枯蠹岂相谋。
请君静后看羲画，曾有陈篇一字否。

休论寂寂与惺惺，不妄由来即性情。
笑却殷勤诸老子，翻从知见觅虚灵。

道本无为只在人，自行自住岂须邻。
坐中便是天台路，不用渔郎更问津。

香山次韵

寻山到山寺，得意却忘山。岩树坐来静，壁萝春自闲。
楼台星斗上，钟磬翠微间。顿息尘寰念，清溪踏月还。

归越诗 正德壬申年升南京太仆寺少卿便道归越作

杖锡道中又用曰仁韵

每逢佳处问山名，风景依稀过眼生。
归雾忽连千嶂暝，夕阳偏放一溪晴。
晚投岩寺依云宿，静爱枫林送雨声。
夜久披衣还起坐，不禁风月照人清。

滁州诗 正德癸酉年到太仆寺作

梧桐江用韵

凤鸟久不至，梧桐生高冈。我来竟日坐，清阴洒衣裳。
援琴俯流水，调短意苦长。遗音满空谷，随风递悠扬。

人生贵自得，外慕非所臧。颜子岂忘世，仲尼固遑遑。
已矣复何事，吾道归沧浪。

别易仲

辰州刘易仲从予滁阳，一日问：“道可言乎？”予曰：“哑子吃苦瓜，与你说不得。尔要知我苦，还须你自吃。”易仲省然有悟。久之辞归，别以诗。

迢递滁山春，子行亦何远。累然良苦心，惝恍不遑饭。
至道不外得，一悟失群暗。秋风洞庭波，游子归已晚。
结兰意方勤，寸草心先断。末学久仳离，颓波竟谁挽。
归哉念流光，一逝不复返。

山中示诸生五首

路绝春山久废寻，野人扶病强登临。
同游仙侣须乘兴，共探花源莫厌深。
鸣鸟游丝俱自得，闲云流水亦何心。
从前却恨牵文句，展转支离叹陆沉。

滁流亦沂水，童冠得几人。莫负咏归兴，溪山正暮春。
桃源在何许，西峰最深处。不用问渔人，沿溪踏花去。

池上偶然到，红花间白花。小亭闲可坐，不必问谁家。
溪边坐流水，水流心共闲。不知山月上，松影落衣班。

龙潭夜坐

何处花香入夜清，石林茅屋隔溪声。
幽人月出每孤往，栖鸟山空时一鸣。
草露不辞芒屦湿，松风偏与葛衣轻。
临流欲写《猗兰》意，江北江南无限情。

送蔡希颜

风雪蔽旷野，百鸟冻不翻，孤鸿亦何事，嗷嗷溯寒云。
岂伊稻粱计，独往求其群。之子眇万钟，就我滁水滨。
野寺同游请，春山共攀援。鸟鸣幽谷曙，伐木西涧曛。
清夜湛玄思，晴窗玩奇文，寂景赏新悟，微言欣有闻。
寥寥绝代下，此意冀可论。

何事憧憧南北行，望云依阙两关情。
风尘暂息滁阳驾，鸥鹭还寻鉴水盟。
悟后六经无一字，静余孤月湛虚明。
从知归路多相忆，伐木山山春鸟鸣。

郑伯兴谢病还鹿门雪夜过别赋赠三首

之子将去远，雪夜来相寻。秉烛耿无寐，怜此岁寒心。
岁寒岂徒尔，何以赠远行。圣路塞已久，千载无复寻。
岂无群儒迹，蹊径榛茆深。浚流须寻源，积土成高岑。
揽衣望远道，请君从此征。

浚流须有源，植木须有根。根源未浚植，枝派宁先蕃。
谓胜通夕话，义利分毫间。至理匪外得，譬犹镜本明。
外尘荡瑕垢，镜体自寂然。孔训示克己，孟子垂反身。
明明贤圣则，请君勿与谖。

鹿门在何许，君今鹿门去。千载庞德公，犹存栖隐处。
洁身匪乱伦，其次乃避地。世人失其心，顾瞻多外慕。
安宅舍弗居，狂驰惊奔骛。高言诋独善，文非遂巧智。
琐琐功利儒，宁复知此意。

门人王嘉秀实夫萧琦子玉告归书此见别意兼寄声辰阳诸贤

王生兼养生，萧生颇慕禅。迢迢数千里，拜我滁山前。
吾道既匪佛，吾学亦匪仙。坦然由简易，日用匪深玄。

始闻半疑信，既乃心豁然。譬彼土中镜，暗暗光内全。
外但去昏翳，精明烛媸妍。世学如翦彩，妆缀事蔓延。
宛宛具枝叶，生理终无缘。所以君子学，布种培植原。
萌芽渐舒发，畅茂皆由天。秋风动归思，共鼓湘江船。
湘中富英彦，往往多及门。临岐缀斯语，因之寄拳拳。

滁阳别诸友

滁阳诸友从游，送予至乌衣，不能别。及暮，王性甫汝德诸友送至江浦，必留居俟予渡江，因书此促之归，并寄诸贤，庶几共进此学，以慰离索耳。

滁之水，入江流，江潮日复来滁州。
相思若潮水，来往何时休。
空相思，亦何益。欲慰相思情，不如崇令德。
掘地见泉水，随处无弗得。
何必驱驰为，千里远相即，君不见，尧羹与舜墙；
又不见，孔与跖对面不相识。
逆旅主人多慇懃，出门转盼成路人。

南都诗　正德甲戌年四月升南京鸿胪寺卿作

山中懒睡

古洞幽深绝世人，石床风细不生尘。
日长一觉羲皇睡，又见峰头上月轮。

人间白日醒犹睡，老子山中睡却醒。
醒睡两非还两是，溪云漠漠水泠泠。

守文弟归省携其手歌以别之

尔来我心喜，尔去我心悲。不为倚门念，吾宁舍尔归。
长途正炎暑，尔行慎兴居。凉茗勿频啜，节食但无饥。
勿出船旁立，勿登岸上嬉。收心每澄坐，适意时观书。
申洪皆冥顽，不足长嗔笞。见人勿多说，慎默真如愚。
接人莫轻率，忠信持谦卑。从来为己学，慎独乃其基，
纷纷多嗜欲，尔病还尔知。到家良足乐，怡颜报重闱。
昨秋童蒙去，今夏成人归。长者爱尔敬，少者悦尔慈。
亲朋称啧啧，羡尔能若兹。信哉学问功，所贵在得师。
吾匪崇外饰，欲尔沽名为。望尔日慥慥，圣贤以为期，
九兄及印弟，诵此共勉之。

书扇面寄馆宾

湖上群山落照晴，湖边万木起秋声，
何年归去阳明洞，独棹扁舟鉴里行。

送刘伯光

五月茅茨静竹扉，论心方洽忽辞归。
沧江独棹冲新暑，白发高堂恋夕晖。
谩道六经皆注脚，还谁一语悟真机。
相知若问年来意，已傍西湖买钓矶。

次栾子仁韵送别四首

子仁归，以四诗请用其韵答之，言亦有过者。盖因子仁之病而药之，病已则去其药。

从来尼父欲无言，须信无言已跃然。
悟到鸢飞鱼跃处，工夫原不在陈编。

操持存养本非禅，矫枉宁知已过偏。
此去好从根脚起，竿头百尺未须前。

野夫非不爱吟诗，才欲吟诗即乱思。
未会性情涵泳地，《二南》还合是淫辞。

道听途传影响前，可怜绝学遂多年。
正须闭口林间坐，莫道青山不解言。

赣州诗　正德丙子年九月升南赣佥都御史以后作

丁丑二月征漳寇进兵长汀道中有感

将略平生非所长，也提戎马入汀漳。
数峰斜日旌旗远，一道春风鼓角扬。
莫倚贰师能出塞，极知充国善平羌。
疮痍到处曾无补，翻忆钟山旧草堂。

通天岩

青山随地佳，岂必故园好。但得此身闲，尘寰亦蓬岛。
西林日初暮，明月来何早。醉卧石床凉，洞云秋未扫。

再至阳明别洞和邢太守韵

山水平生是课程，一淹尘土遂心生。
耦耕亦欲随沮溺，七纵何缘得孔明。
吾道羊肠须蠖屈，浮名蜗角任龙争。
好山当面驰车过，莫漫寻山说避名。

送德声叔父归姚 并序

守仁与德声叔父共学于家君龙山先生。叔父屡困场屋，一旦以亲老辞廪归养。交游强之出，辄笑曰:“古人一日养，不以三公易，吾岂以一老母博一弊儒冠乎?”呜呼!若叔父，真知内外轻重之分矣。今年夏，来赣视某。留三月，飘然归兴不可挽，因谓某曰:“秋风莼鲈，知子之兴无日不切。然时事若此，恐即未能脱，吾不能俟子之归舟。吾先归，为子开荒阳明之麓，如何?”呜呼!若叔父，可谓真知内外轻重之分矣。某方有诗戒。叔父曰:“吾行，子可无言?”辄为赋此。

犹记垂髫共学年，于今鬓发两苍然。
穷通只好浮云看，岁月真同逝水悬。
归鸟长空随所适，秋江落木正无边。

何时却返阳明洞，萝月松风扫石眠。

示宪儿

幼儿曹，听教诲。勤读书，要孝弟。学谦恭，循礼义。
节饮食，戒游戏。毋说谎，毋贪利。毋任情，毋斗气。
毋责人，但自治。能下人，是有志。能容人，是大器。
凡做人，在心地。心地好，是良士。心地恶，是凶类。
譬树果，心是蒂。蒂若坏，果必坠。吾教汝，全在是。
汝谛听，勿轻弃。

江西诗

正德己卯年奉敕往福建处叛军至丰城遭宸濠之变趋还吉安集兵平之八月升副都御史巡按江西作

太　息

一日复一日，中夜坐叹息。庭中有嘉树，落叶何淅沥。
蒙翳乱藤缠，宁知绝根脉。丈夫贵刚肠，光阴勿虚掷。
头白眼昏昏，吁嗟亦何及。

宿净寺

十月至杭，王师遣人追宁濠复回江西，是日遂谢病退居西湖。

老屋深松覆古藤，羁栖犹记昔年曾。
棋声竹里消闲昼，药裹窗前对病僧。
烟艇避人长晓出，高峰望远亦时登。
而今更是多牵系，欲似当时又不能。

百战归来一病身，可看时事更愁人。
道人莫问行藏计，已买桃花洞里春。

山僧对我笑，长见说归山。
如何十年别，依旧不曾闲。

用韵答伍汝真

莫怪乡思日夜深，干戈衰病两相侵。
孤肠自信终如铁，众口从教尽铄金。
碧水丹山曾旧约，青天白日是知心。
茅茨岁晚饶风景，云满清溪雪满岑。

江边阻风散步至灵山寺

归船不遇打头风，行脚何缘到此中。
幽谷余寒春雪在，虚檐斜日暮江空。
林间古塔无僧住，花外仙源有路通。
随处看山随处乐，莫将踪迹叹萍蓬。

泊舟大同山溪间诸生闻之有挟册来寻者

扁舟经月住林隈，谢得黄莺日日来。
兼有清泉堪洗耳，更多修竹好衔杯。
诸生涉水携诗卷，童子和云扫石苔。
独奈华峰隔烟雾，时劳策杖上崔嵬。

岩下桃花盛开携酒独酌

小小山园几树桃，安挂春色候停桡。
开樽旋扫花阴雪，展席平临松顶涛。
地远不须防俗驾，溪晴还好着渔舠。
云间石路稀人迹，深处容与避世豪。

书汪进之太极岩二首

一窍谁将混沌开，千年样子道州来。
须知太极元无极，始信心非明镜台。

始信心非明镜台，须知明镜亦尘埃。
人人有个圆圈在，莫向蒲团坐死灰。

弘治壬戌尝游九华值时阴雾竟无所睹至是正德庚辰复往游之风日清朗尽得其胜喜而作歌

昔年十日九华住，云雾终旬竟不开。
有如昏夜入宝藏，两目无睹成空回。
每逢好事谈奇胜，即思策蹇还一来。
频年驱逐事兵革，出入贼垒冲风埃。
恐恐昼夜不遑息，岂复山水能徘徊。
鄱湖一战偶天幸，远随归凯停江隈。
是时军务颇多暇，况复我马方虺隤。
旧游诸生亦群集，遂将童冠登崔嵬。
先晨霏霭尚暝晦，却疑山意犹嫌猜。
肩舆一入青阳境，忽然白日开西岭。
长风拥慧扫浮阴，九十九峰如梦醒。

群峦踊跃争献奇，儿孙俯伏摩其顶。
今来始识九华面，恨无诗笔为传影。
层楼迭阁写未工，千朵芙蓉抽玉井。
怪哉造化亦安排，天下奇山此兼并。
揽衣登高望八荒，双阙下见日月光。
长江如带绕山麓，五湖七泽皆陂塘。
蓬瀛海上浮拳石，举足可到虹可梁。
仙人为我启阊阖，鸾骈鹤驾纷翱翔。
从兹脱屣谢尘世，飘然拂袖凌苍苍。

登云峰二三子咏歌以从欣然成谣二首

淳气日凋薄，邹鲁亡真承。世儒倡臆说，愚瞽相因仍。
晚途益沦溺，手援吾不能。弃之入烟霞，高历云峰层。
开茅傍虎穴，结屋依岩僧。岂曰事高尚，庶免无予憎。
好鸟求其侣，嘤嘤林间鸣。而我在空谷，焉得无良明。
飘飘二三子，春服来从行。咏歌见真性，逍遥无俗情。
各勉希圣志，毋为尘所萦。

深林之鸟何间关，我本无心云自闲。
大舜亦与木石处，醉翁惟在山水间。
晴窗展卷有会意，绝壁题诗无厚颜。
顾谓从行二三子，随游麋鹿俱忘还。

有僧坐岩中已三年诗以励吾党

莫怪岩僧木石居，吾侪真切几人如。
经营日夜身心外，剽窃糠秕齿颊余。
俗学未堪欺老衲，昔贤取善及陶渔。
年来奔走成何事，此日斯人亦起予。

睡起偶成

四十余年睡梦中，而今醒眼始朦胧。
不知日已过亭午，起向高楼撞晓钟。

起向高楼撞晓钟，尚多昏睡正懵懵。
纵令日暮醒犹得，不信人间耳尽聋。

啾啾吟

知者不惑仁不忧，君胡戚戚眉双愁。
信步行来皆坦道，凭天判下非人谋。
用之则行舍即休，此身浩荡浮虚舟。
丈夫落落掀天地，岂顾束缚如穷囚。
千金之珠弹鸟雀，掘土何烦用镯镂。

君不见东家老翁防虎患，虎夜入室衔其头；
西家儿童不识虎。执竿驱虎如驱牛。
痴人惩噎遂废食，异者畏溺先自投。
人生达命自洒落，忧谗避毁徒啾啾。

居越诗 正德辛巳年归越后作

归 兴

归去休来归去休，千貂不换一羊裘。
青山待我长为主，白发从他自满头。
种果移花新事业，茂林脩竹旧风流。
多情最爱沧洲伴，日日相呼理钓舟。

次谦之韵

珍重江船冒暑行，一宵心话更分明。
须从根本求生死，莫向支流辨浊清。
久奈世儒横臆说，竞搜物理外人情。
良知底用安排得，此物由来自浑成。

碧霞池夜坐

一雨秋凉入夜新，池边孤月倍精神。
潜鱼水底传心诀，栖鸟枝头说道真。
莫谓天机非嗜欲，须知万物是吾身。
无端礼乐纷纷议，谁与青天扫宿尘。

秋　声

秋来万木发天声，点瑟回琴日夜清。
绝调迴随流水远，余音细入晚云轻。
洗心真已空千古，倾耳谁能辨九成。
徒使清风传律吕，人间瓦缶正雷鸣。

林汝桓以二诗寄次韵为别　录其一

尧舜人人学可齐，昔贤斯语岂无稽。
君今一日真千里，我亦当年苦旧迷。
万理由来吾具足，六经原只是阶梯。
山中尽有闲风月，何日扁舟更越溪。

月夜二首　与诸生歌于天泉桥

万里中秋月正晴，四山云霭忽然生。
须臾浊雾随风散，依旧青天此月明。
肯信良知原不昧，从他外物岂能撄。
老夫今夜狂歌发，化作钧天满太清。

处处中秋此月明，不知何处亦群英。
须怜绝学经千载，莫负男儿过一生。
影响尚疑朱仲晦，支离羞作郑康成。
铿然舍瑟春风里，点也虽狂得我情。

夜　坐

独坐秋庭月色新，乾坤何处更闲人。
高歌度与清风去，幽意自随流水春。
千圣本无心外诀，六经须拂镜中尘。
却怜扰扰周公梦，未及惺惺陋巷贫。

心渔为钱翁希明别号题

有渔者歌曰："渔不以目惟以心，心不在鱼渔更深。北溟之鲸殊小小，一举六鳌未足歆。”“敢问何如其为渔耶？”曰：“吾将以斯道为网，良知为纲，太和为饵，天地为舫。絜之无意，散之无方。是谓得无所得，而忘无可忘者矣。”

咏良知四首示诸生

个个人心有仲尼，自将闻见苦遮迷。
而今指与真头面，只是良知更莫疑。

问君何事日憧憧，烦恼场中错用功。
莫道圣门无口诀，良知两字是参同。

人人自有定盘针，万化根缘总在心。
却笑从前颠倒见，枝枝叶叶外头寻。

无声无臭独知时，此是乾坤万有基。
抛却自家无尽藏，沿门持钵效贫儿。

示诸生三首

尔身各各自天真，不问求人更问人。
但致良知成德业，漫从故纸费精神。
乾坤是易原非画，心性何形得有尘。

莫道先生学禅语，此言端的为君陈。

人人有路透长安，坦坦平平一直看。
尽道圣贤须有秘，翻嫌易简却求难。
只从孝弟为尧舜，莫把辞章学柳韩。
不信自家原具足，请君随事反身观。

长安有路极分明，何事幽人旷不行。
遂使蓁茅成间塞，尽教麋鹿自纵横。
徒闻绝境劳悬想，指与迷途却浪惊。
冒险甘投蛇虺窟，颠崖坠壑竟亡生。

答人问良知二首

良知即是独知时，此知之外更无知。
谁人不有良知在，知得良知却是谁。

知得良知却是谁，自家痛痒自家知。
若将痛痒从人问，痛痒何须更问为。

答人问道

饥来吃饭倦来眠，只此修行玄更玄。

说与世人浑不信，却从身外觅神仙。

别诸生

绵绵圣学已千年，两字良知是口传。
欲识浑沦无斧凿，须从规矩出方圆。
不离日用常行内，直造先天未画前。
握手临岐更何语，殷勤莫愧别离筵。

书扇示正宪

汝自冬春来，颇解学文义。吾心岂不喜，顾此枝叶事。
如树不植根，暂荣终必瘁。植根可如何，愿汝且立志。

中　秋

去年中秋阴复晴，今年中秋阴复阴。
百年好景不多遇，况乃白发相侵寻。
吾心自有光明月，千古团圆永无缺。
山河大地拥清辉，赏心何必中秋节。

两广诗　嘉靖丁亥起平思田之乱

复过钓台

忆昔过钓台，驱驰正军旅。十年今始来，复以兵戈起。
空山烟雾深，往迹如梦里。微雨林径滑，肺病双足胝。
仰瞻台上云，俯濯台下水。人生何碌碌，高尚当如此。
疮痍念同胞，至人匪为己。过门不遑入，忧劳岂得已。
滔滔良自伤，果哉末难矣。

长　生

长生徒有慕，苦乏大药资。名山遍探历，悠悠鬓生丝。
微躯一系念，去道日远而。中岁忽有觉，九还乃在兹。
非垆亦非鼎，何坎复何离。本无终始究，宁有死生期。
彼哉游方士，诡辞反增疑。纷然诸老翁，自传困多歧。
乾坤由我在，安用他求为，千圣皆过影，良知乃吾师。

高景逸别传

高攀龙，字存之，别号景逸，江苏无锡人。万历己丑进士。王锡爵辅政，驱除异己，景逸谪揭阳。半载而归，与顾宪成复东林书院，讲学其中。远近集者数百人。天启改元，景逸在林下已二十八年，始复起。以魏忠贤用事，归。削籍为民，并毁其书院。又以东林邪党逮。夜半书遗疏，自沉止水。年六十五。疏曰："臣虽削夺，旧系大臣。大臣受辱，则辱国。故北向叩头，从屈平之遗则。君恩未报，结愿来生。"又与华凤超书曰："仆得从李元礼、范孟博游矣。一生学力，到此亦得少力。心如太虚，本无生死，何幻质之足恋乎？"其自序为学次第云："吾年二十有五，闻李元冲、顾泾阳讲学，始志于学。以为圣人所以为圣人者，必有做处，未知其方。看《大学或问》，朱子说'入道之要莫如敬'，故专用力于肃恭收敛，持心方寸间，但觉气郁身拘，大不自在。及放下，又散漫如故。无可奈何。久之，忽思程子谓'心要在腔子里'，不知'腔子'何所指？果在方寸间否耶？觅注释不得。忽在《小学》中见其解，曰：‘腔子犹言身子耳。’大喜，以为心不在方寸，浑身是心也。顿自轻松快活。适江右罗止庵来讲李见罗修身为本之学，正合于余所持循者，益大喜不疑。是时只作知本工夫，使身心相得，言动无谬。己丑第后，益觉此意津津。忧中读《礼》读《易》。壬辰谒选，平生耻心最重，筮仕，自盟曰：‘吾于道未有所见，但依吾独知而行。是非好恶，无所为而发者，天启之矣。’验之颇近于此，略见本心，妄自担负，期于见义必为。冬至，朝天宫习仪，僧房静坐，自觅本体。忽思‘闲邪存诚’句，觉得当下无邪，浑然是诚，更不须觅诚，一时快然，如脱缠缚。癸巳，以言事谪官，颇不为念。归尝世态，便多动心。甲午秋，赴揭阳，自省胸中理欲交战，殊不宁帖。在武林，与陆古樵、吴子往谈论数日。一日，古樵忽问曰：‘本体何如？’余言下茫然。虽答曰：‘无声无臭’，实出口耳，非由真见。将过江头，是夜，明月如洗，坐六和塔畔，江山明媚，知己劝酬，为最适意时，然余忽忽不乐，如有所束。勉自鼓兴，而神不偕来。夜阑别去，余便登舟。猛省曰：‘今日风景如彼，而余之情景如此，何也？’穷自根究，乃知于道全未有见，身心总无受用。遂大发愤，曰：‘此行不彻此事，此生真负此心矣。’明日，于舟中厚设蓐席，严立规程，以半日静坐，半日读书。静坐中不帖处，只将程朱所示法门参求。于凡‘诚敬主静’、‘观喜怒哀乐未发’、‘默坐澄心’、‘体认天理’等，一一行之。立坐食息，念念不舍。夜不解衣，倦极而睡，睡觉复坐。于前诸法，反覆更互。心气清澄时，便有塞乎天地气象；第不能常。在路二月，幸无人事。而山水清美，主仆相依，寂寂静静。晚间，命酒数行。停舟青山，徘徊碧涧，时坐盘石，溪声鸟韵，茂树修篁，种种悦心，而心不着境。过汀州，陆行至一旅舍。舍有小楼，前对山，后临涧，登楼甚乐。偶见明道先生曰：'百官万务，兵革百万之众，饮水曲肱，乐在其中。万变俱在人，其实无一事。'猛省曰：'原来如此，实无一事也。'一念缠绵，斩然遂绝，忽如百斤担子顿尔落地。又如电光一闪，透体通明。遂与大化融合无际，更无天人内外之隔。至此见六合皆心，腔子是其区宇，方寸亦其本位，神而明之，总无方所可言也。平日深鄙学者张皇说悟，此时只看作平常，自知从此方好下工夫耳。乙未春，自揭阳归，取释老二家参之释典，与圣人所争毫发。其精微处，吾儒具有之，总不出'无极'二字；弊病处，先儒具言之，总不出'无理'二字。观二氏，而益知圣道之高。若无圣人之道，便无生民之类，即二氏亦饮食衣被其中而不觉也。戊戌，作水居，为静坐读书计。然自丙申后数年，丧本生父母，徙居婚嫁，岁无宁息，只于动中练习，但觉气质难变。甲辰，顾泾阳先生始作东林精舍，大得朋友讲习之功。徐而验之，终不可无端居静定之力。盖各人病痛不同，大圣贤必有大精神，其主静只在寻常日用中。学者神短气浮，须得数十年静力，方得厚聚深培。而最受病处，在自幼无小学之教，浸染世俗，故俗根难拔。必埋头读书，使义理浃洽，变易其俗肠俗骨。澄神默坐，使尘妄消散，坚凝其正心正气，乃可耳。余以最劣之质，即有豁然之见，而缺此一大段工夫，其何济焉！所幸呈露面目以来，才一提策，便是原物。丙午，方实信孟子‘性善’之旨。此性无古无今，无圣无凡，天地人只是一个。惟最上根，洁清无蔽，便能信入。其次全在学力。稍隔一尘，顿遥万里。孟子所以示瞑眩之药也。丁未，方实信程子‘鸢飞鱼跃’与‘必有事焉’之旨。谓之性者，色色天然，非由人力。鸢飞鱼跃，谁则使之？勿忘勿助，犹为学者戒勉。若真机流行，弥漫布濩，亘古亘今，间不容息。于何而忘？于何而助？所以必有事者，如植谷然，根苗花实，虽其自然变化，而栽培灌溉，全在勉强学问。苟漫说自然，都无一事，即不成变化，亦无自然矣。辛亥，方实信《大学》‘知本’之旨。壬子，方实信《中庸》之旨。此道绝非名言可形，程子名之曰‘天理’，阳明名之曰‘良知’，总不若‘中庸’二字为尽。中者，停停当当；庸者，平平常常。有一毫走作，便不停当；有一毫造作，便非平常。本体如是，工夫如是。天地圣人不能究竟，况于吾人，岂有涯际？勤物敦伦，谨言敏行，兢兢业业，毙而后已云尔。”黄梨洲曰：“此先生甲寅以前之功如此。其后涵养愈粹，工夫愈密。到头学力，自云：‘心如太虚，本无生死。’刘先生谓：‘先生心与道一，尽其道而生，尽其道而死，是谓无生无死。’非佛氏所谓无生死也。”所为诗不多，流传亦鲜，然其诗皆日常生活中之性情语，高淡近渊明，质朴类禅偈。较之邵、陈，又是一格。

景逸诗钞

四言诗

水　居

微雨乍过，好风徐来。游云断续，众峰皆开。
欢然抚景，尽兹一杯。世事如积，亦已焉哉。

饭饱欣然，荡桨菰芦。菱蔓摇漾，莲花芳敷。
今日何日，吾长五湖。其来徐徐，其去于于。

举网得鱼，摘我园蔬。烹鱼煮蔬，载陈我书。
酒中有旨，书中有腴。聊尔东窗，不乐何如。

薄暮登楼，四望远畴。时雨既降，农人乍休。
乳燕来止，鲦鱼出游。万族有乐，吾亦无忧。

涉世愈拙，入山宜深。踽踽空谷，悠悠长林。
支颐一卷，挂壁孤琴。游目闲云，倾耳鸣禽。

清昼扫室，中宵拥衾。无象之色，希声之音。
咎誉可远，阴阳不侵。虽乖通理，爰得我心。

五言古诗

静坐吟

我爱山中坐，恍若羲皇时。青松影寂寂，白云出迟迟。
兽窟有浚谷，鸟栖无卑枝。万物得所止，人岂不如之。
岩居饮谷水，常得中心怡。

我爱水边坐，一洗尘俗情。见斯逝者意，得我幽人贞。
漠漠苍苔合，寂寂野花荣。潜鱼时一出，浴鸥亦不惊。
我如水中石，悠悠两含清。

我爱花间坐，于兹见天心。旭日照生采，皎月移来阴。

栩栩有舞蝶，喈喈来鸣禽。百感此时息，至乐不待寻。
有酒且须饮，把琖情何深。

我爱树下坐，终日自翩跹。据梧有深意，抚松岂徒然。
亮哉君子心，不为一物牵。绿叶青天下，翠幄苍崖前。
抚己从自悦，此味无言传。

幽居四乐

我爱管幼安，萧然一木榻。诗书有余闲，户庭无尘杂。
四海方沸糜，吾独深闭合。辛勤海上归，乐此旧井邑。
征书何为者，莞尔笑不答。

我爱陶元亮，采菊东篱时。悠然南山意，怡悦心自知。
北窗睡初起，读书忽解颐。正尔得樽酒，日夕欢相持。

我爱陈希夷，神游帝之先。空山石壁下，谷口飞泉边。
结庐傍丛竹，开户当清涟。麋鹿游堂上，落花满庭前。
幽人在何许，松下方高眠。

我爱邵尧夫，缅怀发清吟。当其在百源，危坐必正襟。
会此丸中理，宁受外物侵。心空百营息，气静天根深。
爰以风月谈，聊见羲皇心。

考亭恭谒朱夫子

束发自黾勉，所志非浮荣。辨途慎所之，择术居其贞。
巍巍云谷翁，绍孔明六经。群书万卷破，奇功一源并。
自从子舆来，卓绝莫与京。如何取径子，繁弦乱中声。
计身亦诚便，畔道非所宁。
我来拜阙里，（考亭为南闽阙里。）斋心矢其诚。
归轸探神奥，发轫谨门庭。董道而不豫，聊以拙自成。

夏日闲居

长夏此静坐，终日无一言。问君何所为，无事心自闲。
细雨渔舟归，儿童喧树间。北风忽南来，落日在远山。
顾此有好怀，酌酒遂陶然。池中鸥飞去，两两复来还。

水居诗

少敦诗书好，长嗜山水娱。一朝谢簪组，而来居菰芦。
青山当我户，流水绕我庐。窗中达四野，喜无垣壁拘。
桃柳植长堤，菱荷被广渠。徒侣有渔父，比邻惟田夫。
虚堂白日静，恍若游黄虞。兀兀日趺坐，欣欣时读书。
会兹动静理，常得性情舒。居然以卒岁，去此将焉如。

庚戌春日月坡初成

浩浩月初上，月坡正受之。以我无营心，当此独坐时。
为筹世中事，无乐可代兹。长林寒风息，春气蔼如斯。
万族各萌动，我心岂不知。俯视方舆静，仰观圆象驰。
灵襟既无际，一形安足私。持以畀大钧，荣悴非所思。

辛亥春至水居

宇宙何终极，吾念有所止。既罕百岁人，所营一乐尔。
禽鱼蔼可亲，湖山斐有旨。引酒召元和，观书悟无始。
在昔称达人，往往契斯理。抚己常泰然，此乐庶可恃。

山　居

城郭多尘事，入山意始豁。炎暑绝寻游，芳园转闲洁。
拂簟卧看云，漱泉涤烦热。疏林来远风，虚堂入新月。
湛湛无交心，端居见超越。百营良有极，庶以善自悦。

韬光静坐

偶来山中坐，兀兀二旬余。澹然心无事，宛若生民初。

流泉当几席，众山立庭除。高树依岩秀，修篁夹路疏。所至得心赏，终日欣欣如。流光易蹉跎，此日良不虚。寄言缮性者，速驾清山居。

游玄墓山

春至百蛰作，吾亦难幽居。玄墓梅万树，兹游岂当徐。出门日以远，尘事日以疏。终日栖花间，志意常浩如。入俗若不足，入山觉有余。以此成荏苒，欲归还踌躇。吾性最所适，终当期结庐。

游静乐寺

杖策寻古寺，深山纵所如。古木连溪桥，修篁夹细渠。翳然见人家，茅屋庭除虚。缅怀于此中，坦腹哦诗书。良朋三五人，列坞南北居。兴来相经过，直质返厥初。生与羲皇侣，殁与天地俱。

游雁宕山

昔我爱丘山，名胜在梦想。去去三十年，尘事空鞅掌。兹游惬始愿，千里遂独往。望山屡驰骛，入谷转疑怳。仰观秋瀑飞，俯听潭流响。阳崖峙雄突，阴洞藏奇敞。

幽寻碧涧底，遐瞩紫霄上。春风荡轻阴，百里见开朗。
青丹未可图，文翰谁能髣。栖心愿止托，回首空怅怏。
胜地古今存，浮生俄顷赏。安得结茅庐，于此一偃仰。

湖　上

道人不识忧，隤然罕所虑。胸中有奇怀，常得山水助。
时乘酒半醺，或值睡初寤。独往恣幽寻，欣若有所遇。
有时深林行，穿径忽失路。有时湖上还，看云忘所务。
凝目孤鸢归，倾耳细泉注。所造趣未极，原陆任昏暮。
非关耽清娱，曾是秉远慕。闲心始造理，忙意多失步。
嗟尔行道人，迫迫焉所赴。

客　途

旭日照舆中，仲冬蔼如春。焚香玩羲《易》，瞑目怡心神。
每入野店中，宛若家室驯。粝饭甘如饴，村醪白于银。
充然醉饭后，晏卧刍稿茵。但觉无事乐，不知客途辛。
望望故园近，岁杪儿孙亲。

寿吴东溟先生七十

去日每苦多，来日每苦少。栖栖世中事，鼎鼎谁能了。

所以达人心，摆落出物表。吾慕东溟翁，摄生得其道。
投志西来宗，无念以为宝。观空觉诸妄，埋照澹自保。
平生经苦辛，未尝入怀抱。理得身世宽，战胜颜色好。
持此入无穷，长随天地老。

七哀诗

肃肃秋风深，漫漫秋夜长。中夜百感集，摄衣步空堂。
俯听虫声悲，仰视明月光。物色一如昨，旧人何茫茫。
岁月日以疏，髣髴日以亡。一岁成永诀，千载空相望。
静心易生哀，遗情难为方。愿从梦中路，柔身至其旁。

五言律诗

水　居

到此情偏适，安居兴日新。闲来观物妙，静后见人亲。
啼鸟当清昼，飞花正暮春。呼童数新笋，好护碧窗筠。

即　事

乍雨洗庭柯，斜阳到薜萝。读书聊散帙，看竹偶经坡。

鸟下山初暝，月来池欲波。幽情无着处，呼酒一高歌。

晚　步

缓步到溪头，相看事事幽。断云疏岛屿，落日艳汀洲。
水静芙蓉夕，风生芦荻秋。吴歌何处棹，惊起欲眠鸥。

和许静余先生闭户吟

年来惟好静，始觉解天韬。山月闲相照，春风淡自陶。
床头储浊酒，灯下有《离骚》。算尽人间着，无如闭户高。

有竹已疏林，空斋贮碧阴。径萦萝薜远，池带荻芦深。
人静惟开卷，情闲或抚琴。幽居多乐事，剥啄莫相寻。

戊午春月朔登子陵钓台

桐江一片石，千古白云横。世乱无宁宇，岩栖得此生。
渔樵亦偶尔，富贵岂吾情。寂寞空山士，安知后世名。

五言绝句

韬光山中杂诗　五首

开窗北山下，日出竹光朗。楼中人兀然，鸟雀时来往。
山黛浓于染，丹枫间翠竹。远见白云间，山僧结小屋。
寒风客衣薄，依岩曝朝旭。坐久不知还，山童报黍熟。
日暮山寂然，树响栖乌下。独行深涧边，野花摘成把。
时穿深竹坐，人境忽如失。落日照前山，松间一僧出。

白云篇　二首

遥望白云来，转见白云去。白云去不来，不知散何处。
心随白云远，亦随白云迟。欲随白云灭，白云无尽时。

题画竹

此君有高节，亭亭自孤植。
纵多千亩阴，不碍青山色。

秋花咏

日暮有好怀，闲闲来田间。篱边见黄菊，相对不知还。菊
芙蓉临清水，露下颜色冷。山斋人未眠，独步月中影。芙蓉
花开在今朝，花落不终夕。开落如君恩，丹心不可易。秋葵
秋水不可极，月出寒山静。一夜孤舟边，风吹芦花冷。芦花
山人昼扫室，精香读《周易》。冷然万念空，芭蕉照人碧。芭蕉

荻秋杂咏 四首

雪鸥阁

日夕水烟起，细雨渔舟出。
草阁生微寒，主人方抱膝。

点瑟轩

曰狂我岂敢，聊尔混樵牧。
闭门春色深，相看柳条绿。

巢　居

远村人语寂，幽人卧方妥。
夜半闻清钟，明月当楼堕。

班荆馆

无客长闭门，客来共心赏。
去来亦何心，春风芭蕉长。

和西筑咏

引　泉

次第竹根来，相将得到家。
鸟啼春雨后，流出满山花。

种　竹

自将山竹种，岂望便成林。
一竿明月里，聊尔步清阴。

有　客

偶随白云出，不掩白云扉。
有客坐来久，山僧归未归。

坐　石

徘徊涧边石，小憩一悠然。
不知山月吐，已满竹窗前。

枕　流

春涧鸣幽鸟，春花欲满山。
不知尘世事，一枕石泉间。

卧　雪

山上雪连屋，山僧拥褐眠。
下方来往绝，身在几禅天。

六言诗

湖干四时歌　八首

竹飒飒兮雪堕，梅寂寂兮月明。
芦洲动兮渔火，茅屋响兮书声。

春风荡兮柳绿，微雨洒兮桃红。
骋裘马兮年少，惜芳菲兮老翁。

水溶溶兮林静，云晶晶兮昼长。
绿阴浓兮扫径，黄鸟窥兮移床。

荷最妍兮朝旭，蝉何急兮晚风。

有幽人兮兀兀，乐永日兮融融。

气高彻兮远天，虫凄切兮清宵。
人所悲兮萧瑟，吾独乐兮阒寥。

秋韵馥兮桂树，秋色佳兮菊华。
持巨螯兮沽酒，汲惠泉兮烹茶。

千山皓兮方晓，五湖冰兮复雪。
尽大山兮无瑕，如寸心兮不涅。

寒风凄兮墐户，淡日煦兮亲人。
君何慨兮岁暮，冬不久兮欲春。

水居漫兴　十六首

水绿山青自在，日来月往如斯。
有味津津谁会，无言默默自怡。

柴门春掩寂寂，小楼卧起徐徐。
朝来公事几许，过桥东岸观鱼。

蝉声参差高柳，荷香远近芳塘。

一榻凉风午睡，半卷残书夕阳。

杨花点点上下，燕子飞飞去来。
春色行看尽矣，山茶还有未开。

绿树遮山有态，白云过水无心。
一窗半开半掩，四月乍雨乍晴。

黄叶疏疏门巷，寒风淅淅蒹葭。
人在小楼隐几，夕阳忽度昏鸦。

桃花一丛为佳，柳树几行足矣。
行乐不务其多，人心自不知止。

小阁凭栏莞尔，匡床拥被陶然。
夜半人声何处，芦花隔浦渔船。

一点两点村火，三声四声渔歌。
半生得趣不少，百年好景无多。

山人别无妄念，三茶两饭便足。
种成百树梅花，此是穷奢极欲。

靠山一亩种竹，近水两畦栽花。

客至莫愁下箸，二十七种菜鲑。

平沙漠漠两岸，流水湾湾几村。
兴至便呼叶渡，归来不掩柴门。

临水闲心便远，见山尘虑多消。
此间益者三友，一琴一卷一瓢。

风来柳线转媚，雨过桃花更妍。
着屦绕堤散步，自言不减神仙。

山人作何功课，终日对山不语。
问我此意何如，白云自来自去。

赤日堕于西隅。白日升于东牖。
我趁于此开尊，佩得金印如斗。

七言律诗

水　居

有客风尘归去来，兀然孤坐水中台。
九龙山似翠屏立，五里湖如明镜开。

春雨蕨肥菰米饭，秋风鲈美菊花杯。
蒹葭白露伊人在，恣向江天亦快哉。

水居闭关

幽居无事不开颜，为惜春光只闭关。
两眼情亲惟绿野，一生心契有青山。
桃花灼灼鸟啼寂，柳絮飞飞人意闲。
缓步溪头看落日，月明深竹抱琴还。

同许静余先生游山

新凉甘雨遍汀洲，况复山中桂树秋。
以我中年窥静理，知君晚节解闲游。
喜看岩竹穿幽径，爱听松风上小楼。
满地夕阳收拾去，并将明月载归舟。

次刘伯先闭关韵

在在名山寂寂峰，渊泉深处有潜龙。
非于太极先天觅，只在寻常日用逢。
当默识时微有象，到名言处绝无踪。
洗心藏密吾曹事，长掩衡门独抚松。

静坐吟

静坐非玄非是禅，须知吾道本于天。
直心来自降衷后，浩气观于未发前。
但有平常为究竟，更无玄妙可穷研。
一朝忽显真头面，方信诚明本自然。

一片灵明一敬融，别无余法可施功。
乾坤浩荡今还古，日月光华西复东。
莫羡仙家烹大药，何须释氏说真空。
些儿欲问儒宗事，妙诀无过未发中。

戊午吟 二十首

《戊午吟》者，谓是年所见然也，春气动物，百鸟弄韵，人心至闲，自有无腔之韵悠然而来，足以吟讽。吟者不可谓诗，所吟者不可谓道，姑就行持心口相念云尔。

圣贤止是学为人，学不知天人未真。
天在人身春在木，人居天内木涵春。
万殊精别方知义，一本穷研始识仁。

试看天人无间处，不知天道岂知身。

莫为为者是真机，稍着安排便已非。
桃自鲜红李自白，鱼能渊跃鸟能飞。
不知本体原如是，安得工夫妙入微。
看尽古今差谬处，只缘些子见相违。

千圣传心一敬修，不知真敬反成囚。
欲求一得且永得，须下千休与万休。
疏水曲肱常浩浩，百官万务尽悠悠。
廓然天地浑无事，一物胸中岂足留。

中庸二字圣真诠，来自唐虞一脉传。
本体睹闻为入窍，工夫戒惧是天然。
但从庸行庸言里，直彻无声无臭先。
此是人人真本色，可怜千古作陈编。

格物无端成聚讼，起于知本二言分。
但知知本即知至，格物何曾有阙文。
本在操舟方有舵，本迷乱国为无君。
只翻诚意一错简，涤荡青霄万顷云。

知本由来义最深，须从物理细推寻。

一灵充塞皆为物，万象森罗总是心，
心正涓流俱到海，身修点铁悉成金。
细穷物理无多事，只在兢兢顾影衾。

不将一事挂胸中，荡荡乾坤在此躬。
恰似云开天穆穆，更如冰泮水融融。
因无邪妄名为寂，岂为虚无即堕空。
履薄临深缘底事，只愁无浪又生风。

吾儒穷经最为先，理彻心空不入禅。
穷是十分到底处，理须一物不容前。
六经尽向躬行验，一字不从文义牵。
自有豁然通贯日，方知日用是真玄。

物物其来有定则，自然之则谓之天。
但因在物付各物，一任纷然本寂然。
随处家庭堪作佛，无须岩壑始修仙。
此机实在程门显，何事庐山不细研。

闻道如何可夕死，死生原是道之常。
不闻有昼可无夜，几见无阴只有阳。
道在何从见寿夭，心安始可等彭殇。
更于此外求闻道，踏遍天涯徒自忙。

万物同生形不同，犬羊人性岂相通。
因观物性明人道，始信人伦是圣功。
仁义非于明察外，愚蒙偏蔽事为中。
虽云此理几希甚，两字金针是反躬。

天载无形触目真，羲皇两画写其神。
六爻虽列上中下，一物强分天地人。
读去还知非汝密，悟来方始是家珍。
试看爪发生生处，何但枝头可觅春。

见《易》更须知用《易》。圣人原只用《中庸》。
刚柔见处几先吉，中正亡时动即凶。
能惧始终皆免咎，存诚隐显悉成龙。
莫言卜筮用为小，动静须占是《易》宗。

人心偏倚道心中，凡念回旋即圣功。
精是不迷如日照，一为不二与天同。
笃恭为执辰居所，未发为中水不风。
圣智聪明收敛尽，寂然不动感而通。

孝是修行无价珍，此身在处即吾亲。
一禽一草非时翦，五辟三千律可论。

食德饮和供菽水，朝乾夕惕省昏晨。
不分富贵与贫贱，大孝光天是守身。

事事精详是与非，紫阳以此示全归。
初经勉强须坚苦，渐近天然入妙微。
精义无过能择善，入神还只是知几。
须知圣学无多法，尺寸基培万仞巍。

言行须从拟议成，不从拟议失权衡。
拟言本自三缄慎，议动由于百炼精。
率意岂真为率性，争先或恐是争名，
须知变化方为易，变化原从拟议生。

朱陆当年有异同，只于稽古稍殊功。
存心自合先知本，格物无过要识中。
《六籍》漫从卤莽过，一灵那得豁然通。
前贤指示皆精切，后学无讹是晦翁。

精气为躯造化功，游魂为变浩无穷。
如何谓死为灭尽，反落禅诃断见中。
神化自然称不测，有无不着是真空。
莫将空字漫归佛，虚实原于微显同。

学人须自立根基，三戒当先谨独知。
无分少壮老异境，一于财色斗严持。
镇重常如五岳峙，防危更似九河堤。
大廷暗室心如一，玉粹金精体不亏。

至水居

何事驱车缁洛尘，归来烟水味逾真。
寒塘古岸五衰柳，落日秋风一老人。
兀坐冥然天地古，观书恍尔性情新。
未须蒿目忧时事，闻道明君信直臣。

七言绝句

水居题壁

涧水泠泠声不绝，溪流茫茫野花发。
自去自来人不知，归时常对青山月。

村　居　三首

日暖风微杨柳斜，桃花处处点村家。

谁人此际能闲坐，载酒东皋醉落霞。

桂露瀼瀼欲湿衣，早乘残月出柴扉。
天清木叶随风起，闲看流云坐钓矶。

小屋深深墐北房，烹茶煨芋地垆香。
主人曝背书轩下，一卷羲经至夕阳。

偶　成

尧舜垂裳恭己时，天然真色复何为。
欲知性善无言妙，此处端倪尚可窥。

赏　花

乐事难逢，得与诸公把酒看花幸矣。更冀明年此日长共此花，诗以祝之。

春风无恙一登台，犹见桃花满径开。
无计可留花再住，明年花发约重来。

景逸未刊诗钞

余钞理学六家诗，在辛壬冬春间。癸丑秋，始付印。余亲校字，既毕之翌晨，乃得高子未刊稿钞本六册，内亦有诗，凡一百四五十题，逾两百首。因查《高子遗书》崇祯刻本陈惕龙序，谓："先生遗言，自自订数种而外，多散漫无次，恐其久而愈纷，敬汇为十二卷，凡于不欲垂、不必垂者胥已之，宁简毋繁，为后世也，所以体先生之志也。"则此未刊稿，殆亦当时所谓"不欲垂、不必垂者"。然念《遗书》所收诗本不多，此未刊诸诗，闷于世已逾三百年，今幸重入余目，弃去可惜，因为续钞不足三十首，以补斯编。"流落人间者，泰山一毫芒"，或刊削，或掇拾，同在此毫芒中，于泰山无增损也。惕龙评景逸诗有曰："言志陶情，莫先于诗。靖节诗只千古，先生不尽效陶，大都有陶韵。逸兴幽怀，适与之符。昌黎云：'欢愉之辞难工'，先生绝作，欢愉者十居八九。又以见酴丽之欢愉厌，而阒寥之欢愉妙也。今视阒寥为愁思，尚能有好言乎？"未刊稿与人柬有曰："乐事惟山林人说得，烟云鱼鸟，无非乐事。廊庙人说不得。国乱民穷，无事不忧。廊庙人说乐，势利两件而已。"景逸自廊庙退居山林数十年，然其忧国忧民之心则自若也。终以蹈水而死，读其诗，可以想见其人矣。癸丑八月杪钱穆又记。

景逸未刊诗

诸公招饮石亭坞

胜会宁可常，勿惜此淹留。竹树有佳荫，班坐无俗流。
念我平居日，所爱在山丘。愿得素心侣，引杯相劝酬。
今晨惬兹兴，不醉将焉求。未须歌太康，此乐无患忧。
卓哉斜川人，千载心悠悠。

夜　步

幽人夜未眠，月出每孤往。繁林乱萤照，村屋人语响。
宿鸟时一鸣，草径露微上。欣然意有会，无与共此赏。
千载怀同心，陶公调可仿。

潮阳县观海

仲尼欲浮海，吾亦来海滨。不作放逐客，焉能得闲身。
澹澹风日和，荡涤怡心神。一笑万象间，偃仰得其真。
快哉此日乐，可以拟千春。逝者只如此，世事何缤纷。
安得无家累，终焉此垂纶。

秋雨叹

青青庭中葵，鲜泽颜色好。淫潦不肯休，狂飙日相恼。
空阶无倚着，弱质焉能保。芳意窘不舒，丹心空自抱。
何时浓阴开，皎皎见秋昊。嘉植不逢年，飘零何足道。

将游越中诸山怃然有感

世事不可了，且酬山水盟。春风动逸思，顾景怜孤生。
眷彼桃李树，枯枝发新荣。人生不再好，流光空自惊。
少壮不行游，迟暮将何成。

弢光静坐

落日在平野，怅然怀千秋。缅彼临安区，当年栖王侯。

楼台何郁郁，冠盖纷相酹。一朝世事尽，百代成荒丘。
徒存指点迹，令人心悲忧。何如蓬庐士，偃息岩壑幽。
图书共朝夕，花木递春秋。觞酌洽朋好，卧起观凫鸥。
岂不念世故，中心自有求。生有无穷娱，既没名长留。

观　海

长啸大海滨，廓然临无际。回风撼紫涛，天地壮气势。
苍茫混太虚，万里破蔀蔽。尺鷃依丛林，焉测鲲鹏诣。
所见局所处，凡物俱有系。百川会一壑，昼夜如斯逝。
静见有深会，飘遥遗身世。

题欧阳宜诸素风堂　其三

明月入我户，秋风来庭除。主人复何为，历览千载书。
高标信可慕，覆辙何其愚。以此秉高烛，勿为物所驱。
浩浩一室中，俯仰乐何如。

赠许襄明

天地有正气，赋物本自然。云胡末世下，竞为私欲牵。
好恶随异同，是非谬天渊。两两同心人，漠漠隔云烟。
幸兹肺腑通，常得胶漆坚。我爱襄明公，宛然忠孝传。

四海两足遍，千秋一心肩。抵掌贤豪间，不与污俗缘。
群鸮啄余粒，孤鹤摩苍天。不有辛垣衍，安别鲁仲连。
似兹珪璋器，而令沦林泉。
世运既如此，一笑花枝前。（以上五言古。）

独　坐

独坐无余事，悠然见远山。池涵高树静，门掩夕阳闲。
暝色催乌集，寒云护雁还。会心宁在远，不必濮濠间。

水　居

笃不爱见客，所好掩重关。鸟雀荒村静，琴书斗室闲。
支颐只味水，伏枕亦看山。问我何为者，桃源在此间。

静　坐

云坐杳无念，临流望远天。浪花圆复破，云气断还连。
狎水轻鸥去，摩云野鹤还。如何此时意，不得向人传。

西　湖

诸峰三竺秀，二水六桥通。花柳年年色，楼台处处雄。

江山天地外，人事古今空。
寂寞前朝恨，寒烟白草中。(以上五言律。)

除　夜

去家四千里，腊月三十日。
小驿对寒灯，拨火烧苍术。

题画梅

一枝在南窗，群蜂闹相引。
何如对此花，声臭两俱泯。

枕　石

心同流水净，身与白云轻。
寂寂深山暮，微闻钟磬声。(以上五言绝句。)

题　画

皎皎者千年，亭亭者千年，人寿几何同尔坚。
挥麈无言，抚琴无弦，无事心游天地先。
南山倾，北海倾，扶桑东徙吾犹金。

题刘伯先九曲清流卷

云苍苍兮草芊芊，山漠漠兮水涟涟。
有人兮涧边，曳杖兮蹁跹。
与时偕往兮，与时偕旋。
或跃兮常在渊，晋如愁如兮可以自全。
万物有尽兮，无尽者石上之流泉。
弄潺湲兮心泠然。（以上七言古。）

辛亥正月十一日至水居

只觉山中味有余，一瓢一榻可安居。
烟波千顷供高坐，星月三更伴读书。
人世纷华真土梗，此身泡影一蘧庐。
有时把酒高歌罢，浩气氤氲满太虚。

舟　居

无边烟水一扁舟，到处为家得自由。
岸岸花开供独笑，山山月出每孤游。
乱峰天际不可数，野寺松间也自幽。
为笑此身无住着，只和一片白云浮。

燕市中假静室燕坐读易

长安车马日喧填，精舍深藏双塔边。
一榻白云寒剑色，半窗红日静炉烟。
坐空身世非禅寂，看破乾坤无圣诠。
朝市得闲成大隐，风尘何处不林泉。

同洪平叔至考亭恭谒朱夫子依韵和见贻之作　其二

宋室多贤空白头，考亭晚节一沧洲。
立身须作中流柱，处世浑如不系舟。
林鸟山花皆是乐，朝烟暮雨岂关愁。
与君四十年来友，肝胆相倾见此游。

读白云怡　自序

许侯同生之令吾锡也，期月而锡大治。其政多可法于百世，其人不能悦于一时，卒以谪官去。侯去而入冷局闲曹，无不乐也。余得其《白云怡》，玩之不能去手。或曰："子何嗜之深乎？"曰："是世间安乐法也。取之世者至俭，用之身者至裕。可贵可贱，可贫可富，可夷可险，无不可乐。得此，如白云在太虚中，物不得而干之矣。”为赋白云之章。

为盖为车幻不同，如羊如虎变无穷。
都将成坏千秋事，看入闲云一片中。
碧汉卷舒常捧日，青山来去只随风。
至人自解浮云意，一笑人闲万虑空。

偶　成

天在人身本太空，当其未发谓之中。
任他凡圣无增减，安得天人有异同。
不着纤毫方有主，行于无事妙无穷。
但看私欲十分尽，日用寻常即圣功。（以上七言律。）

村居四时

门临流水傍青山，千树梅花在近湾。
睡起不知红日晚，杖藜闲过小桥还。

新竹芊芊过短墙，桑阴正盖一书床。
日长昼静浑无事，匡坐聊焚沉水香。

荷池雨过得新凉，雪藕冰瓜次第尝。

黄鸟一声林木媚，北堂拂簟问羲皇。

纱窗明月最堪怜，何处荷香入坐偏。
夜静虫声正凄切，流萤数点傍人眠。

雪片弥空风怒号，浅斟浊酒读《离骚》。
夜深活火烧松子，忽见梅梢上月高。

水居闭关

碌碌风尘似马牛，暂栖烟水作眠鸥。
劝君莫漫闲来往，惊得眠鸥不自由。（以上七言绝。）

陆桴亭别传

陆世仪，字道威，江苏太仓人。生明万历三十九年。生十二日而母卒，家贫不能乳，寄养他家。十二岁，能诗歌，大父命题《百鸟朝凤图》，应声曰："独向高冈择木栖，更无鹓鹭与相齐。一朝声彻虞廷日，四海鸱鸮不敢啼。"大父深器之。二十二岁，入郡庠，与同里盛圣传、陈言夏、江药园相约为体用之学，一时有"陈陆江盛"之称。二十七岁，始著《思辨录》，以《大学》"格、致、诚、正、修、齐、治、平"为则，而天文、地理、河渠、兵法、封建、井田、学校，亦无不讨论。崇祯十七年甲申，三十四岁，夏著《匡时臆论》，亦名《甲申臆议》。与张受先书论出处，谓："士君子处末世，时可为、道可行，则委身致命；盖天下所系者大，吾身所系者小。若时不可为、道不可行，则洁身去国，隐居谈道，以淑后学，以惠来兹；盖天下所系者大，而万世之系者尤大也。"遂避世终隐。筑亭水中居之，罕接宾客。自号曰桴亭。其亭以三直木，不用钉，与外相通。亭外有一瘦石，有老梅、古桂各一，有竹一丛，池中有荷，如是而已。康熙十一年卒，年六十二。桴亭于明遗民中声光较暗，其著述亦流传不广。顺治十八年，桴亭年五十一，贫不能自给，游幕安义，幕主毛如石为刊其《思辨录》。光绪二十六年，其太仓同里唐受祺汇刻其遗书二十二种，而《思辨录》为尤要。盖自朱子后，善述朱者，无过此书。余已揭其大旨于《研朱余沈》①，兹不著。著其自述论性之经过。谓仪于性学工夫，不啻数转。起初未学时，只是随时师说有义理之性，有气质之性。亦喜同禅和方外谈说不睹不闻无声无臭父母未生前无始以前真己。及至丁丑，（顺治四年，桴亭年三十七。）下手做工夫，着实研穷，始觉得禅和方外固非，分性为二者亦非。于是得力于"理先于气"一言。于"理"、"气"之间尽心体验，始知"太极"为理，"两仪"为气。人之义理本于太极，人之气质本于两仪。理居先，气居后。理为主，气为辅。条理划然。然终觉得性分理气，终于合一。既而悟"理一分殊"之旨，恰与罗整庵先生暗合，便洒然觉得理气融洽，性原无二。然未察到人与物性同异处也。既而知人与万物之所以同，又知人与万物之所以异，于禽兽草木上皆细细察其义理气质。于朱子"论万物之一原，则理同而气异；论万物之异体，则气犹相近而理绝不同"二语，大有契入。于是又识得天地万物本同一体处。然而"性善"之说，则

① 编者案：先生有《陆桴亭学述》一篇，原拟收编入《研朱余沈》中，后将《余沈》各篇散入《中国学术思想史论丛》（六）（七）（八）三单元，不另成编。《桴亭篇》今收入《中国学术思想史论丛》（八）。

终以先入之言为主。以为孟子论善，只就天命之初“继之者善”处论，未敢说到“成之者性”。直至己亥，（顺治十六年，桴亭年四十九。）偶与两儿言性，始觉得“成之者性”以前，说不得“性”字。既说成之者性，性便属气质。既属气质，何云性善？于是旷览夫天人之原，博观于万物之际，见夫所为异异而同同者，始知性为万物所同，善惟人性所独，性善之旨，正不必离气质而观也。于是取孟子论性语反覆读之，始知孟子当时，亦只就气质中说善，而程朱以后，尚未之能晰也。于是又取孟子以前孔子、子思之言按之，无不同条共贯。又取孟子以后，周、程、张、朱之言观之，周则无不吻合，程、朱则间有一二未合，而合者常八九也。然未敢与世昌言。至庚子，（顺治十七年，桴亭年五十岁。）讲学东林，而始微发其端。至丙午，（康熙五年，桴亭年五十六岁。）论性毗陵，而始略书其概。是年始为《性善图说》，则已在辛丑刊《思辨录》后五年。上引文见《思辨录》后集五，则今传《思辨录》，尚有出安义刻本之后者，今不可详考矣。桴亭雅能诗，尤推康节。尝谓：“尧夫诗胸次极妙，直与天地万物上下同流。唐人诗，康节做得；康节诗，唐人做不得。”又谓：“陈白沙诗，合道理与风雅为一。所作诗‘子美诗之圣，尧夫有别传’，盖欲合子美、尧夫为一人。”又曰：“唐诗未尝不言理，宋诗未尝不写景。”欲选唐人宋诗、宋人唐诗，以破当世唐宋分优劣之成见。其稿未成。在三十六岁时，尝辑《书鉴》、《诗鉴》两种。《诗鉴》取古今诗歌之有合于“兴、观、群、怨”者，后各为论，以人取诗，以诗取事，不合于《三百篇》之旨者不录。又欲于陶、杜、刘、陈，另批详其全集，太白、乐天、放翁诸人则附之。桴亭极赏刘文成，谓："其诗无一语风云月露，但忧时闵世之言。乐府辞尤妙，可谓杜陵以后一人。"又曰："文成诗集中有《长歌续短歌》一首，具见心事，予于《诗鉴》论断中颇发明之。"又如据方正学诗发明正学不赞成当时削藩之议，此皆所谓以人取诗，以诗取事也。今其书不传。友人陈瑚言夏序其诗集，谓："桴亭之人，可自传其诗；桴亭之诗，可自传其人。"余钞桴亭诗，亦窃本言夏此旨。桴亭又曰："康节、白沙诗终是一家。意欲更选其佳者，与宋诸儒理学诗另为一集，以为学者养心之助，亦最乐事。"余亦方值幽忧，钞为此编，以窃附于桴亭往日未尽之意。

桴亭诗钞

感怀诗十六首　抄六首

家世事清谨，服德敦诗书。受命违货殖，安仁贱怀居。
十年一断屐，三岁双枯鱼。何期亲老疾，笥囊无夙储。
借贷称奇策，典易尽衣袽。疏水虽已供，亲心安得舒。
古人有禄仕，非此复焉如。

捧檄出门去，泪下不能言。长揖谢书剑，抗颜事寒暄。
昔为天上鹤，今为槛中猿。语默判勤惰，动止殊方圆。
骨肉相隔绝，不知凉与温。门前谁家子，意气独轩轩。
父母乐康乐，读书浃晨昏。

鸣鹤在北林，其子东南翔。衔鱼欲反饲，撄缴坠高冈。
束其凌霄姿，铩其羽翮长。载以文轩车，酌以清露浆。

饮啄非不时，恒心独悲伤。中夜嗷嗷鸣，星月为彷徨。
矫首北林望，黄叶方零霜。

授书里门中，五日一回还。父母喜相见，动辄如经年。
搴帷瞻颜色，欲言无可宣。遥思生恐惧，觌面生忧煎。
小愈未足欣，久滞何时痊。缅怀古扁卢，疾首呼苍天。
古人即今人，何独多神仙。

仲夏炎节至，溽暑一何滋。斗室如裩裆，作息咸在斯。
赤日丽高隅，潦雨漫戾庮。阴房蒸雾湿，蛟蚋日夕孳。
终坐尚不堪，况复卧床帷。飔飔晨风发，拂拂夕风吹。
岂无户外乐，畏彼苍蝇嗤。

寒风入高楼，簌簌鸣窗隙。百忧如重山，压我来胸膈。
对书徒散乱，自起理衾席。伏枕未逾时，忧来愈益积。
披衣复匡坐，展转不能释。童子据榻鼾，宵鼠撺东壁。
戚戚竟何言，殷殷自终夕。

按:《感怀诗》成于崇祯七年甲戌，桴亭二十四岁。其父得中风疾，桴亭口为餔食，厕牏必亲，侍卧起者几五载。然据诗所咏，桴亭此年应离家谋食。故末首尾韵有“盛年托荫下，那复知穷愁”之句。然越两年，即与陈、江、盛三人相约为体用之学，《格致编》、《考德课业录》、《思辨录》皆由此始。生事之艰，孝养之困，与其进业之猛，皆于此可见。故选钞桴亭诗，以此为首。

和圣传湛一亭诗二律

疏林落落竹森森，中有幽亭贮素琴。
凭槛小花供杂绮，隔溪高树散轻阴。
纵观万物皆生意，静对渊泉识道心。
一室自饶千古乐，不知人世有升沉。

湛一亭前竹树森，主人终日自鸣琴。
清晨习静贪朝气，永夜焚膏惜寸阴。
水到渠成看道力，崖枯木落见天心。
此中旋转须教猛，不信神州竟陆沉。

按：此二律成于崇祯十六年癸未，桴亭三十三岁。明年甲申，即神州陆沉之岁也。

感遇诗　有序

乙酉之遇，天下古今所未有也。所遇为古今未有，则所感亦为古今未有，何诗之足云。然以不生不死之人，处倏安倏危之地，欲歌不能，欲哭不可。悲愁郁愤发而为诗，固亦屈之情，陶之思也。幸生之余，与王子石隐、盛子圣传无聊倡和，自秋徂冬，凡得五言古诗三十首，汇为一编，名曰《感遇》，志所怀也。昔陈子昂为《感遇诗》，妙绝古今。晦庵先生喜而特效之。予之诗与二公之诗，其工力不敌，固可知也。然晦翁之诗，在并美前人，固无感遇之可言。子昂之诗，洵有感矣，而考其所遇，乃在高宗、武后之世，以观今日，虽同为感遇，而所感所遇，实有大不同者，是则可悲也夫！

潜鱼怀深渊，飞鸟慕青冥。志尚各有适，罗弋纷四陈。
神龙失云雾，蠖伏同众鳞。哲士无势位，俯首齐凡民。
仰叹发浩歌，悲来痛填膺。气数苟在天，匹夫岂能争。

冒辱既非易，杀身良独难。高堂有白发，稚子未知餐。
揽衣起叹息，展转不能宽。思欲披缁衣，寄迹空门端。
君臣义已废，弃亲殊未安。俛首混侪俗，流涕伤心肝。

丹穴有雏凤，乃在山之阴。青鸾白鹤侣，朝夕相和鸣。
养此羽毛奇，翩然备仪庭。明王暗不作，海宇群沸惊。
鸾鹤纷翻飞，鸱鸮互纵横。孤凤何所之，敛革避逡巡。
岂无德辉著，时穷非炫珍。灵龟曳其尾，雄鸡惮为牲。
祥麟出周季，将贻田父禽。

仲尼千载师，偃蹇生衰周。孟轲谈王道，七雄非其俦。
濂洛关闽儒，学至君未求。晦翁振绝续，南渡时蒙羞。
嗟嗟鲁斋公，仕元以为尤。岂天靳斯文，每出多邅遛。
展卷仰前哲，浩然忘我忧。

古来贤达士，隐居多授书。时衰道义贱，谁能枉车舆。
千金赠当路，一饭靡穷庐。弃置勿复道，耕渔聊自纾。

生平寡交与，与世殊淡漠。天涯有数子，相知在寥廓。
或如孔程交，或辨朱陆学。或闻声相思，曾未接酬酢。
遥遥南北海，此心契如约。风尘暗天来，纵迹各飘泊。
出处或可期，生死殊未卜。会晤当何时，六合庶开拓。

宁原丁汉季，遭乱靡所入。公孙治辽海，同往依其域。
宁语惟经典，世事了不及。邴原尚清议，格物性刚直。
管宁谓邴原，非时宜慎默。神龙当深潜，不见乃成德。

圣人达天命，君子慎感遇。患难皆素位，胡然重忧惧。
执玉夜行游，得不虞倾仆。兢兢慎冰渊，岂曰徒自顾。
天意苟未丧，吾何为不豫。

按：诗作于己酉，凡三十首，钞八首。

示虞九二绝句

兴废存亡代不同，纵横颠倒任天公。
小儒孤愤成何事，遁世须开万古蒙。

风雨阴霾但一时，青天万古只如斯。
好将日月归胸次，六合云开正有时。

无陋居十咏 有序

予自丑、寅间，知天下已乱，江南不能无事，即与友人辈历选山水，欲求避世，而不可得。至癸未，乃结茅于城之西北水村，将终身焉。乙酉夏，居村仅一二月，以土人乱，复入城，遂病不能去。今又历半岁，其间乱而定，定而复乱，态凡几变。以予所居甚僻，故戎马之迹亦不及。读书之暇，时与友人相过论诗。每每兴思山水，神情飞越，而困于力弱，不能自举。因喟然曰："孔子不云乎：君子居之，何陋之有？"因名所居为无陋，示不必去。爰成十咏，聊以解嘲。

谁谓此间陋，彬彬君子居。出门天自狭，入室地常舒。
礼乐存三代，功名付太虚。乡邻有斗者，暂且闭吾庐。

谁谓此间陋，彬彬君子居。世人皆弋猎，贱子独耕渔。
短笠坐垂钓，轻蓑行荷锄。屡空何足惜，吾道贵清虚。

谁谓此间陋，彬彬君子居。春秋犹汉腊，人物自皇初。
短榻遥期客，匡床独著书。林间时一望，花外有来车。

谁谓此间陋，彬彬君子居。分畦常种药，引水自浇蔬。
岁月秦时促，风光原上舒。墙东堪避世，何必问长沮。

谁谓此间陋，彬彬君子居。深潜无土室，长啸有茅庐。
学字裁蕉叶，休粮种芋蕖。藜床双膝稳，不用驾安车。

谁谓此间陋，彬彬君子居。未随采药侣，且荷灌园锄。
无地不栽竹，有庐惟贮书。兴来时独咏，自谓过皇初。

谁谓此间陋，彬彬君子居。斯人皆可与，天地总吾庐。
道在乘桴乐，神全处困舒。但教忠信得，宁复畏沦胥。

谁谓此间陋，彬彬君子居。客来惟论道，独坐只看书。
生意草间出，天心梅上舒。静中闻警语，郊外一声驴。

谁谓此间陋，彬彬君子居。菊松三径满，安乐一窝余。
种菜常师圃，谈诗有启予。黄虞今在否，巢许且狂疏。

谁谓此间陋，彬彬君子居。种杉皆向路，树蕙更盈渠。
放志逃诗酒，全身学散樗。家园风味足，不用忆鲈鱼。

送文介石先生入中峰

底事伤心万念隳，漫从兰若寄栖迟。
乾坤有限无穷恨，身世须臾不尽悲。
千里音书孤枕梦，六时功课一编诗。
放舟日暮山风急，松柏滩头读《楚词》。

春日田园杂兴　有序

遭时不偶，避世墙东。春日伤心，无聊独叹。偶过异公斋，示我《春兴》六首，已又出《月泉吟社》一册，曰："此至元丙戌浦江吴潜翁所辑也。"时元易宋已五载，翁隐石湖，集诸隐流，吟咏寄志。一时属和，几及三千。嗟乎！屈、陶异世同情矣。虽时事尚未可知，而丙戌奇合，深用足叹。亦成六首，聊志鄙怀。不敢曰首山之吟，亦用代曲江之哭耳。

墙角春风吹棣棠，菜花香里豆花香。
看鱼独立小池影，数笋闲行竹筱长。

白眼望天非是醉，科头混俗若为狂。
莫嫌世外人疏放，彭泽情深胜沅湘。

闻说山中好问津，桃花如梦水如尘。
乍看幕燕成新垒，谁忆泥牛换早春。(时新历先旧历二日。)
打鼓吹箫今岁社，更衣脱帽旧时人。
门前柳色依然绿，陶令年来避葛巾。

一夜东风春雨赊，起看流水入沟斜。
篱头未下丝瓜种，墙脚先开蚕豆花。
稚子凿池浮乳鸭，老翁摊箔晒新虾。
已知身世无余乐，聊尔徜徉未是差。

春社才过雨水中，灌园初学问山翁。
新成芥辣旋栽苣，既落瓜壶不用葱。
衣履已知非晋代，蚕桑聊自说《豳风》。
高原小麦青青秀，不见歌声起故宫。

野水滩头长荻芽，池塘处处起鸣蛙。
一春多雨占三白，二月无茶摘五加。
寒食沓来惊汉腊，寒歌时起忆边笳。
春郊风景还如旧，添得伤心是短髽。

舍北村南雨又晴，倦抛书卷漫游行。
山鸠逐妇每双唤，苍鼠窥人时独惊。
种秫拟成千日酒，腌菘聊当一春羹。
月泉甲子依稀是，读罢遗编泪暗倾。

再过确庵作

为惜经年别，难辞累日还。干戈四海急，风雨一村闲。
人事惊危乱，天心爱苦艰。好将休暇日，著述在名山。

陈子确庵读拙著赠五言古二首有身隐焉用文之句嗟乎予文也乎哉又讽予以鲁壁及承天寺并嗟乎世无桓谭虽藏无益也漫赋四首以答

昊天生斯民，智愚各有职。或者劳其心，或者劳其力。
劳心岂必仕，著述亦其一。一介苟存心，万物皆被泽。
尝闻伊川言，岁月莫浪掷。缀辑圣贤书，庶几稍有益。

身进而立言，其志在行道。身退而立言，其志在明道。
进退既已殊，所志宁草草。仲尼生衰周，岂不慕高蹈。
接舆沮溺流，草木同腐槁。所以赞修业，矻矻在垂老。

昔闻杜征西，岘山勒碑铭。一置山之巅，一置水之滨。

陵谷有变迁，斯文冀常存。呜呼好名甚，愚惑一何深。
斯文苟不悖，护惜自有神。木石岂能永，永者在人心。
与其藏名山，孰若传其人。其人不可得，叹息徒悲辛。

斯道在天地，期与世同臧。亵之固不可，秘之亦不祥。
兀兀穷年岁，非欲炫其光。诚恐衰乱迫，此理或失亡。
箕子演九畴，意不在武王。孟轲谈王道，不专为齐梁。
鄙志存万古，目睫非所商。

对桂花有感

丛桂花开绕敝庐，三年笑眼未曾舒。
野人不是无情思，半为忧时半读书。

按：此诗顺治五年戊子作，桴亭年三十八。

桴亭八咏

桴亭，予所居读书处也。世衰无徒，四方靡骋，聊乘此桴，当浮海尔。平居往还，惟石隐、寒溪、确庵数子，而石隐有《玉井轩八咏》，寒溪有《寒溪八咏》，确庵有《蔚村八咏》。人皆有诗，繄我独无。新岁无事，聊拈八题，以当语道，同志其属和焉。

小　亭

玲珑四面八窗开，独坐孤亭绝点埃。
雪月风花供玩啸，帝皇王霸入铺排。

危　桥

直木三株不用丁，到来一径造斯亭。
入门宾客休惊讶，朝夕依家掉臂行。

清　池

下有澄潭上有天，天光水色两悠然。
莫言此地无多子，鱼跃鸢飞在眼前。

瘦　石

石丈端然春复秋，与亭相对似相酬。
吾家论道寻常事，慎勿惊人乱点头。

按：此下尚有《老梅》、《古桂》、《修竹》、《新荷》四首，不钞。

与友人论学

无隐无言信有之，而今且莫厌支离。

圣人三十方能立，未是从心所欲时。

题　画

二老相逢坐翠微，避人终日语依依。
应嫌世上皆周粟，共向山中说《采薇》。

病起次日曝书兼标写舆地图觉劳甚伏枕口占

昨日劳心，今日劳力。所劳不同，爱书则一。
圣人之言，上帝之则，悖之则凶，修之则吉。
是式是遵，是钦是翼。白首其中，乐何复极。

鄮中陈子义扶过访剧谈竟日赋诗赠之率成一百韵

久不出庭户，芳草覆阶额。忽闻叩门声，云有远方客。
呼童出问客，客来自何邑。客来自鄮水，名姓钦在昔。
开扉各一笑，相视殊莫逆。启我桴亭窗，展我桴亭席。
乍对无寒暄，深谈便促膝。座中有郑子，陈子久所识。
我友药园氏，倾盖亦乍炙。纵论及古今，开诚略形迹。
纵横西川图，排荡东山弈。主客话正浓，日驭忽已直。
命妇亟治餐，客远应未食。瓮中出黄粱，池头剖乌鲫。
葵藿何足甘，野人所亲摘。薄酒无厚味，为君佐谈液。

人生天地间，飙忽驹过隙。吾侪适不偶，值此运鼎革。
风影惊鼓鼙，梦寐厌戈戟。山川忽破碎，人物亦狼籍。
或幽而为鬼，或奸而成蜮。或柔如脂韦，或毒如虺蜴。
或为虫沙埋，或为猿鹤泣。寥寥数君子，朝野称砥石。
风尘一夕尽，四海静兀兀。吾闻君疁中，风土茂而质。
自昔多贤豪，往往相丽泽。结社名直言，期以共勉策。
北风摧丛兰，根干几尽擘。吾娄蠢弱地，风节夙所咥。
群宗着风流，正直犹痛疾。南郭一被创，声气遂倒易。
君子修玄黄，小人秉符檄。吾属四五人，雅志在修饬。
粤维丁丑岁，予实始和辑。倡为格致学，朝夕共乾惕。
考德兼课业，旬会而月集。上继孔孟心，下系程朱籍。
岂曰狂与僭，生人此常职。更以圣贤学，体用本合一。
念兹经济事，用世所尤急。躬行有余暇，研究穷日力。
高探象纬原，广览九州域。河渠及兵法，博综恣所适。
杯酒习射御，风雨肄琴瑟。彼此共告语，心得靡所匿。
宏才既兼长，专家亦各择。惟兹药园氏，所精尤赋役。
辛勤及数载，胸复渐充实。所赖区宇存，乾坤未震拆。
或堪为斯世，黾勉效寸尺。一朝日月改，万类皆荡汩。
吾亦群其中，安能自飞翍。豫章在萌芽，蓓蕾未甲坼。
手可搔而绝，足可蹋而抑。龙螭未得志，势亦等虮虱。
混逐鱼虾中，泥首自滑滑。惟时诸同学，飞沉各散逸。
确庵羽毛足，遐举振六翮。寒溪在陋巷，自隐于钓弋。
药园困家累，书岩逸水国。深柳学荷锄，面目日黧黑。

天涯有数子，隔绝旷消息。江汉卓荦才，顷闻在锋镝。
广陵曾闵徒，授书里门侧。哀哉崇川子，恸哭海水碧。
贱子鄙朴者，墙东学种植。运甓志已衰，抱瓮徒搰搰。
床头书册在，时复一玩绎。无聊二三子，相与讲旧帙。
时穷岂不知，舍此靡所立。顾维同志鲜，时亦遭谤垩。
避人深自晦，跬步常虢虢。问字斯友堂，谈心竹亭北。
幽人互相过，聊以自怡怿。去年秋冬间，忽与陆子值。
予最钦嘐贤，至此得其悉。十月蔚村社，邂逅更奇特。
把臂得侯子，快论彻肝膈。是时君姓名，吞吐在我臆。
自念非晨风，焉得生羽翼。拟欲买舟楫，造君破幽寂。
何期惠然来，先此贲蓬荜。君子当乱世，所贵得其术。
苟非同室斗，缨冠亦殊迫。昔年湖海中，旌旗蔽天赤。
须臾自贼杀，野水葬白骨。今年江上头，飞矢暗白日。
城郭摧破后，妇孺饱屠伯。生灵半荡尽，宗社亦无益。
念兹心骨悲，遵养亦非惑。废兴自有天，民生一何戚。
读书种子尽，毋得更浪掷。圣贤之所争，不在旦与夕。
民彝苟未泯，否泰亦顷刻。嗟予未强仕，筋骨已衰涩。
著书何所用，断烂糊四壁。睹君英雄姿，使我心气溢。
横经吐奇谈，神采纷四射。努力穷经纶，六合藉开辟。

和侯掌亭旧庄杂感八首　钞二

浩漭乾坤付劫灰，一枝犹复重徘徊。

神龙蜕骨方能化，樗散全身贵不材。
江上归舟帆影乱，城头落日鼓声催。
卜居正欲谋詹尹，五柳门前莫漫栽。

经权存殁总飞烟，忠孝家声尔独贤。
万国蒙羞垂八载，九原藏血自千年。
心期不动常依寂，学到知雄但守玄。（掌亭究心禅玄之学。）
今古茫茫尽如此，凭高瞻眺一凄然。

按：此诗作于顺治八年辛卯。

禾水屠暗伯俞右吉张白方陆冰修潘美含拿舟过娄相访坐小亭谈道竟日已复篝灯商榷古今长枕大被纵论达曙因赋五言古四十韵记其事

秋风生微凉，吹我庭际松。有客来远方，系艇垂杨中。
巾服何逍遥，琴书亦从容。入门登吾堂，再拜言辞恭。
自云避世士，禄仕非所荣。结契在物表，匪效征逐工。
鸳湖接娄江，烟波渺重重。中经巨区险，咫尺天溟蒙。
风涛忽相触，樯帆骇飞蓬。危坐学正叔，利涉竟有功。
岂徒鬼神佑，亦以精诚通。（屠子述舟过太湖尾，值大风，几覆者数四。）
贱子鄙朴者，澹泊无所营。终日乘吾桴，逌然任西东。
宁无风波忧，机息境乃融。诸子相顾笑，彼此将毋同。

开樽整杯盘，鸡黍聊作供。倾倒谈诗书，纵横吐心胸。
白方圣贤徒，上继洛闽宗。暗伯志忠孝，卓荦称儒宗。
谁为八面才，右吉文章雄。冰修如椽笔，拟匹王与钟。
经济推美含，艰难历兵戎。昂昂鸡群鹤，矫矫云中龙。
邂逅集斯亭，户牖真气充。上穷黄虞际，下逮周秦终。
汉唐及宋元，络绎资谈锋。或探玄奥窟，或入精微宫。
或独竖妙义，坚峻如城墉。或群起攻辨，尽锐相击冲。
高情忘主客，快论欣儿童。须臾日西夕，论说意转浓。
翦烛掩西窗，促膝更披衷。岂无绮罗筵，庖厨洁且丰。
岂无当时彦，揽祛愿相从。志尚各有适，萧兰自成丛，
皎皎风露白，煜煜镫花红。四座默不言，冰心耿无穷。
呼童整茵席，拥被听晨钟。一笑天已曙，高歌怀冥鸿。

新蒲绿

新蒲绿，新蒲绿，韶华满眼纷成触。
伤心又是十年余，转盼沧桑几翻覆。
燕子飞飞高下逐，衔泥依旧巢华屋。
杜鹃何处不归来，月上三更啼未足。

新蒲绿，新蒲绿，嫩柳夭桃斗妍馥。
独有凄凄芳草痕，天涯望断王孙目。
秦宫汉苑游麋鹿，楚水吴山栽苜蓿。

日落苍梧帝子愁，纷纭泪满潇湘竹。

次韵答归玄恭

侧身天地此何时，忽漫相逢得子期。
我辈有心常自合，世人无胆辄称奇。
义熙日月柴桑老，景定诗篇铁匣知。
闻道昆明池正好，眼中犹见汉旌旗。

按：此诗在顺治十年癸巳，“昆明汉旌旗”指永历。

四十三生日偶读象山年谱是岁象山于白鹿洞讲义利章不胜慨然感而有赋

五亩荒园叹索居，秋风丛桂一编书。
生非岳降逢辰薄，运值天移与世疏。（袁宏《与范曾书》：“天眷将移。”）
研北身心偕木石，墙东名姓老樵渔。
最怜白发人同岁，惭愧皋比此日余。

除夕偶忆白沙诗喜其相似戏和一绝白沙诗云今夕人间度小年五男四女共炊烟且看满席斓斑舞莫问明朝婚嫁钱

除夕今年是大年，四男四女共炊烟。
算来似少先生一，却有孙儿更值钱。

答归玄恭悔过诗兼见寄即次原韵

斯文绝续理将回，担荷于君何有哉。
丧乱饱经皆实学，浮华尽敛是真才。
声名未免儿曹妒，气运应为我辈开。
悟彻百源颇忆否，十年冰雪静中来。

和归玄恭生日诗

诗文道德本难同，才力谁能跨数公。
量以兼收常见博，志须专静始为功。
精神有限流年内，学问无穷去日中。
寄语三江归钓叟，好教着力向东风。

乙未改岁漫兴和陆彦脩　八首钞二

蓬莱清浅水扬尘，十二年前是甲申。
怪底春风能转换，眼中几个旧时人。

不用寻春不恨春，春光往复互相因。
天公自有循环理，一度重来一度新。

旧岁大风竹尽偃今新笋又成林矣感而有赋

莫言直节本来坚，荡析离披也可怜。
寄语罡风休嫉妒，新枝已自拂云烟。

和许南村新成书屋　二首钞一

主人家住赤泾湾，六十躬耕鬓未斑。
习静结茅临水畔，课孙抱犊老田间。
无心求足自常足，随处得闲方是闲。
莫道孤村无好景，朝来爽气有西山。

仲夏二十四日公纶石隐晖吉过小阁谈易语及易数漫成二绝

莫将《易》数认希奇，认作希奇反失之。
太极下来惟两画，乾坤易简是吾师。

莫言两画不希奇，千万咸从两画推。
大抵有形皆对待，从中出者是根基。

惠　泉

不盈不竭几千年，一掬渟泓海内传。
恰是至人方寸地，涵濡万古只渊然。

滴露泉

惠泉万斛供人求，此水惟凭一滴流。
彼亦不多兹不少，无加无损总千秋。

与介夫同游诸胜归饮高汇旃芳草堂抵足谈道介夫以诗见赠赋此以答之

好风晴日山川丽，明月青灯笑语深。
是处天机君自领，不须境外别求心。

谒道南祠祠祀龟山先生以下凡十九人

城上西风夕照催，我来瞻拜道南祠。
空庭古木神灵肃，老屋残碑姓氏隳。
屈指宋明还得几，伤心今昔漫成悲。
渊源一线谁能嗣，独立虚堂有所思。

山中闻秋雨

松风飒然至，山雨霏微集。
此景谁不闻，妙领在心得。

次日又泛舟惠山陪饮

积雨暗山麓，放舟波浪间。酒杯幽兴足，烟水白鸥闲。
今古双睁眼，诗书一破颜。野人无忌讳，容易说时艰。

二月二十五日同确庵圣传茂长素朴赴南村看桃之约不遇归至映江门饮田父家次日述事寄南村

夙约在南村，扁舟问花柳。所居远市廛，自挟脯脍走。
徐徐过郊郭，行行历渡口。主人竟他出，隔溪空吠狗。
怅然停舟回，舟行迷左右。舍舟穿林麓，放足信所扣。
有花即主人，何必问吾友。沿溪得数家，桃李皆覆首。
菜花黄如金，远映几百亩。中有小茅屋，结构殊不丑。
舍西环溪流，舍北启窗牖。当轩坐短榻，低枝及我肘。
呼童布肴核，田父为暖酒。清谈杂雅谑，小饮时战拇。
映林窥妇孺，隔岸走童叟。客醉月色低，晚风起飗飗。
行吟赋归欤，折花复盈手。人生行乐处，所值不必偶。
刘阮经天台，不闻坐相守。桃源至今传，乃在迷路后。
乍遘斯足奇，久习反成狃。寄语南村翁，此理君知否。

五十感怀　六首钞一

五十年前万历中，风淳俗美更时丰。
耕田凿井油油乐，习礼歌诗蔼蔼风。
云汉忽焉嗟竭泽，黍禾旋复痛遗宫。
只今短褐穷檐里，俯仰忧时作老翁。

同友人至安义留别同学

世事如翻覆，端居忽远征。时危江海稳，命贱别离轻。
旅况依童仆，家艰仗友生。谋身殊未易，努力祝升平。

按:《年谱》:“顺治十八年辛丑，五十一岁，秋之安义令毛如石幕。”

新正初三日从安义载米之吴城途中值大风雨雪凡四日夜泊舟荒江感而赋此寄示家中儿辈

流光荏苒过，五十忽有二。今夕是何夕，乃在荒江次。
雨雪暗江来，风声复加厉。孤灯篷底宿，双足缩如猬。
船头急浪鸣，终夜不得寐。遥念家乡间，未审何所似。
年凶赋敛急，卒岁谅无计。亲老子复拙，妻孥亦恍悴。
寄此数石谷，聊作饔飧费。人生当迟暮，进德乃可贵。
飘摇二千里，俯仰逐侪辈。弃捐千古业，俛首事书记。
补救无足称，蹭蹬殊可愧。悠悠苍天高，欲哭不成泪。
寄言家中人，衣食谅匪易。

中秋夜坐月

去年此际别乡关，浃岁逢秋尚未还。
一夜思归头尽白，月明如雪满千山。

楼居六首 钞二

我昔好楼居，豁达喜无碍。仰窥天维高，俯瞰地轴大。
衰年迫世运，意兴无复赖。乾坤莽寥廓，举目但蒙昧。
日光照我面，自觉非昔态。少壮何迂愚，反掌握三代。
谁知头须白，乞食千里外。开箱展书读，自顾发长喟。

晨鼓晓衙催，暮鼓晚衙毕。晨昏鼓冬冬，吏冗无朝夕。
山县虽少事，案牍亦狼籍。书生昧时务，黾勉效寸尺。
岂敢云代庖，聊以当食力。清晖照户牖，白日真可惜。
予生固颓惰，何竟事兹役。揽镜时一顾，叹息复叹息。

五老峰歌

予慕五老峰，癸卯孟冬，来游南康已三日，经归宗，过鹿洞，白云时封，不得一睹。寓中有小楼，正对之。早晚坐卧，愿得望见。十一日下午，濡笔作此歌。推窗而日光晶莹，五老全身尽露，应是山灵为我一开生面也。喜而记之。

何年五老人，来往庐山头。上揽错列璀璨之星辰，下瞰分画位置之九州。先要羲皇圣人为结契，后与秦汉唐宋公卿隐逸为绸缪。朝亦庐山头，暮亦庐山头。不乐攀龙与附凤，惟与洞中白鹿相嬉游。不闻玉箫金管声，惟闻洞中书院士子讲诵而咿呦。同时海内有五岳，崔巍广大亦与此山颇相侔。又云此山高万丈，海内无与为匹俦。五岳世受王者封，爵比三公上诸侯。惟尔五老寂寞山之巅，清风明月互唱答，木石鹿豕同夷犹。五老辴然笑，此事奚足为我五老羞。吾闻食人食，便须为人谋。古来登封与望祀，玉帛牢醴奔走重沓来祈求。中央有水旱，嵩岳当引为己忧。南西北东四维有灾沴，衡恒泰华分其尤。历年九万六千岁，何年无水旱，何年无炎沴，五方享祭不闻稍稍分劣优。上天神明或者默用其赏罚，下民何知，未免祁寒暑雨相与叹息而啁啾。吾居庐山巅，不受禄一卣。右饮洞庭水，左挹彭蠡流。山僧樵牧日来往，世事与我同蜉蝣。有时气力暇，出云兴雨，亦与下土为噢咻。大或被万国，小或沾一丘。总由帝力，于我五老亦何有。千春万古常优游。

月下听姚虞生鼓琴时予正学琴虞生也

新秋雨歇天微凉，薄云初月流素光。

虚堂无人四壁静，虞生为我鸣清商。
琼林风过声琳琅，遥空飞来双凤皇。
山林杳冥不可识，海水澒洞鱼龙翔。
君不见，宣尼昔日师师襄，声音之中见文王。
黜然而黑颀而长，精神相遇无何乡。
吾徒何为昧此理，论宫道徵空彷徨。
曲罢无言三叹息，如在羲皇游化国。
请君为我一再弹，太古希音世难得。

毗陵读易十绝句　钞二

万象森然尽偶奇，羲文周孔漫施为。
画前有《易》人皆信，画后原无世莫知。

圣人作《易》参天地，天地原来只此心。
不向此心分黑白，韦编三绝未知音。

醉歌行赐杨尔京时予读书家孝标园亭天寒风急迨将归矣尔京邀我过万卷楼抵足浃旬共究天人体用之学每夕必深谈痛饮兼为梓行性善天文诸图说感而赋此因以为赠

寒威凝天日色白，岁晏空亭读《周易》。
研朱滴水冻不流，拥褐围炉坐朝夕。

尔京杨子来谈天，手画九道如规圆。
风吹指僵笔欲堕，谓我何事留荒园。
移我百尺高楼巅，置我万卷书中眠。
东南日出初旭满，拥书背坐如披毡。
杨子才大心愈小，读书五车犹见少。
惓惓好问及迂愚，探索精微忘昏晓。
上穷性妙羲皇前，下究治理周秦编。
目营九天算日月，手擘云汉分山川。（时共究性善、九道分野诸说。）
老夫老矣力不给，勉强竭蹶相周旋。
严城无声夜柝静，轻雪微零烛花冷。
深杯百罚互劝酬，雄谈四座相驰骋。
杨子杨子，我醉欲放歌，满斟酌子金叵罗。
古来乾坤亦如此，圣贤豪杰何其多。
上经天文下纬地，中察人事颁条科。
岂矜奇诡好隐怪，只是日用非繁苛。
中古以后天地闭，人物虽生皆困弊。
仲尼坎壈孟轲穷，余子纷纷何足计。
予生五十成白首，静念遭逢殊可丑。
读书学道空尔为，著述虽多烦酱瓿。
感君意气如古人，谓我著述良苦辛。
托以梨枣寿百世，无穷雅意犹谆谆。（时为予刻《性善》、《九道分野》诸图说，又欲刊予《宗祭礼》及诸著作。）
君不见，古人不朽有三则，立言立功与立德。

兹事千秋我与君，何必羡伯益皋陶禹稷契。

金坛史惠修过访问道于丹阳蒋至正斋共谈至夜分即事有作用至正韵

黄叶丹枫秋渐深，漫劳佳客远相寻。
三更明月千秋语，一夜清灯万古心。
绝俗何妨终遁世，救时只合在知今。
尧夫有语须同勉，磨励当如百炼金。

答一庵竺生公纶见赠作即步来韵

贤圣天生别有姿，后儒浅学得其皮。
玄虚异说偏矜妙，平实真诠反诧奇。
底事繁言何足较，由来至理少人知。
从今慎勿开生面，只抱人间不哭儿。（时方与友人论性善，故戏及之。）

题宋射陵蔬枰六绝句射陵讳曹字份臣海盐人崇祯时为中翰曾应史阁部聘入幕府参军事国变后种蔬养母近以山林隐逸征　钞二

饱经暑雨与祁寒，抱瓮终年手足酸。
谋事在人天未定，几回长叹倚锄看。

杀鸡供母古人钦，淡泊虀盐那可禁。
禄养不如谋善养，菜根滋味北堂心。

金坛史惠修过访谈道赋赠

性命工夫也不难，只将日用等闲看。
功名亦是中间事，莫把分开作两般。

说玄说妙总朦胧，只在寻常日用中。
略向此间分理欲，一轮红日自当空。

中秋同孔蓼园过伞湖集曹豫朋山房诸同志皆会蓼园赋诗见贻率尔步韵奉答

吾道方穷前路迷，江皋犹幸有兰芝。
园中桂发穿芳径，湖上波澄步水湄。
立志天人期共究，忘年尔我互相师。
儒门淡泊人争讶，谁信风流只在兹。

奉答王石隐六十见赠诗

读《礼》逾年岁月悠，白头浑欲不胜秋。

良辰似水堂堂去，俗累如胶故故留。
不但时穷兼岁恶，此皆天意岂人谋。
吾衰已矣苍生病，虽为斯民进一筹。

按：此诗在康熙九年，年六十。去年丧继母。卧病累月。娄中春夏大水，秋冬复大风雹。

七月左肩生疽至八月困顿弥甚医者言积郁所致有感而作

岂不谓愁恶，其如百虑煎。
上供难暂缓，天意不吾怜。(娄中叠荒。)
俯仰尚多愧，(母未葬，子未娶。)饥寒且勿宣。
此肩方任重，降罚定何愆。

按：此诗在康熙十年，年六十一。屡年皆在丹阳荆氏馆。

答吴江戴芸野见怀即步原韵

芸野少予□岁，原名鼎立，字则之，国变后改名笠，字芸野，隐居乐善，不入城市。己酉春，吴梅村招之至娄，宿于野寺，向读《甲申纪事》，知予名，属友人持刺致予，予怀刺就之，读予《性善图说》，下拜称弟子，至是复以诗见怀。

鸿鹄参天飞，丰满在六翮。千里此同心，何必羡几席。
乾乾终日间，惕若犹贵夕。万物备于我，讵可不穷格。
毋徒学善人，质美不践迹。

万物皆具性，禀受各有因。惟兹万物灵，恒性不受尘。
诸儒论说详，得失每互陈。寥寥孔孟旨，谁与开阳春。
立说苟或偏，罪匪扬与荀。

学问彻上下，一语惟有敬。原始与要终，尚志迄尽性。
小得固斐然，大成亦包并。嗟彼半途贤，自画功弗竟。
舜予岂异人，克念斯作舜。

吾生过甲子，雅志在取友。寥寥竟无徒，忽忽就衰朽。
邂逅得吾子，驽骀瞠乎后。至理谅在斯，举世等敝帚。
傥或臻厥成，藉手报鲁叟。

人生最苦事，大故在衰年。读《礼》不克尽，惭负千百愆。
废书几两载，著述安得前。况兼贫与病，远游亦无缘。
禫余得新诗，怅然理陈编。

图书在版编目（CIP）数据

理学六家诗钞 / 钱穆著. -- 北京 : 九州出版社,
2013.11（2020.5重印）
ISBN 978-7-5108-2418-0

Ⅰ. ①理… Ⅱ. ①钱… Ⅲ. ①古典诗歌－诗集－中国
Ⅳ. ①I222.72

中国版本图书馆CIP数据核字(2013)第259219号

理学六家诗钞

作　　者	钱穆　著
出版发行	九州出版社
地　　址	北京市西城区阜外大街甲 35 号 (100037)
发行电话	(010)68992190/3/5/6
网　　址	www.jiuzhoupress.com
电子信箱	jiuzhou@jiuzhoupress.com
印　　刷	三河市九洲财鑫印刷有限公司
开　　本	880 毫米 ×1230 毫米　32 开
印　　张	7.875
字　　数	159 千字
版　　次	2014 年 1 月第 1 版
印　　次	2020 年 5 月第 2 次印刷
书　　号	ISBN 978-7-5108-2418-0
定　　价	24.00 元